La extinción de las especies

Diego Vecchio

La extinción de las especies

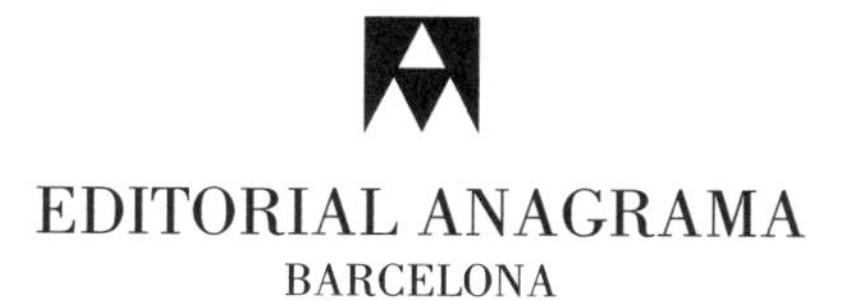

EDITORIAL ANAGRAMA
BARCELONA

Ilustración: Jesse Walter Fewkes, «Hopi Katcinas»,
Annual Report of the Bureau of American Ethnology
to the Secretary of the Smithsonian Institution, 1899-1900,
Washington: Government Printing Office

Primera edición: noviembre 2017

Diseño de la colección: Julio Vivas y Estudio A

Pedró de la Creu, 58
08034 Barcelona

ISBN: 978-84-339-9847-7
Depósito Legal: B. 23178-2017

Printed in Spain

Reinbook serveis gràfics, sl, Passeig Sanllehy, 23
08213 Polinyà

El día 6 de noviembre de 2017, un jurado compuesto por Gonzalo Pontón Gijón, Marta Sanz, Jesús Trueba, Juan Pablo Villalobos y la editora Silvia Sesé otorgó el 35.º Premio Herralde de Novela a *República luminosa,* de Andrés Barba.

Resultó finalista *La extinción de las especies,* de Diego Vecchio.

I. La herencia

1

De los cien hijos ilegítimos que Sir Hugh Percy Smithson, primer duque de Northumbria, desperdigó por el suelo de Inglaterra, Gales, Escocia y las islas Hébridas, el único que pasó a la posteridad fue el niño que trajo al mundo Lady Elizabeth Hungerford Keate Macie, dama de gran fortuna y mayor beldad, nieta de Sir George Hungerford, sobrina del duque de Somerset, descendiente de Enrique VII, rey de Inglaterra, fundador de la casa Tudor. Al nacer en un lugar y una fecha que fueron silenciados para disimular el desaire, el vástago recibió como nombre James Lewis.

James Lewis creció solitario en un castillo rodeado de colinas lluviosas, situado en la localidad de Weston, cerca de Bath, donde su madre decidió retirarse. Fue educado por Adam Watson, un joven pleno de agudeza que, como era de usanza, le enseñó a leer y a escribir y lo inició en la retórica, la geografía y la historia natural.

Para volver más amenas estas actividades, al preceptor le complacía combinar las lecciones matutinas con excursiones vespertinas en los alrededores de Weston. Remontando el curso del río Avon, pescaban y conversaban sobre los temas más variados. Cuando los invadía el aburrimiento, se daban una zambullida y nadaban desnudos hasta los cañaverales para observar, escondidos entre los juncos, casi sin respirar, las costumbres de las aves acuáticas. Otras veces, paseando por las praderas, descifraban directamente en el libro de la Naturaleza aquello que los libros impresos balbuceaban, herborizando, recolectando piedras, capturando caracoles y ranas que disecaban más tarde.

Desde una edad precoz, James dio muestras de una inteligencia vivaz, no solamente aprendiendo lo que se le enseñaba con rapidez, sino también perfeccionando lo aprendido por su cuenta, de modo tal que, en pocos años, terminó siendo más instruido que su institutor y emprendió paseos solitarios por caminos que nadie le había enseñado.

Un día, durante una de aquellas excursiones, al margen de un sendero cubierto de hojas secas, James descubrió, al lado de un tronco caído, entre las breñas, un objeto flotante, casi imperceptible, que lo intrigó. Era una telaraña. En ese mismo instante, se estrelló contra los hilos un insecto alado que no tuvo tiempo de identificar. Súbitamente emergió de un agujero una araña carcomida y peluda, que se abalanzó sobre la presa, inyectándole un veneno. El insecto se debatió un instante, antes de quedar paralizado. Como una embalsamadora del antiguo Egipto, la araña envolvió en una mortaja a la víctima, moviendo las patas frenéticamente.

Ante este espectáculo, James quedó perplejo. ¿Por qué las telarañas adoptaban sistemáticamente una forma poligonal o trapezoidal? ¿Quién había revelado a aquella araña el secreto mortífero de su pócima? ¿Quién había encaminado a aquel insecto alado hasta aquel punto para su pérdida? ¿Acaso existe una ley que gobierne cosas tan sobrecogedoras y que se ocupe de hechos tan minúsculos?

2

Cuando James cumplió los quince años, la escarlatina guadañó a su progenitora. Hijo único, James heredó un capital que le permitía vivir el resto de su vida con holgura. Poco proclive a las pasiones y distracciones mundanas, decidió dedicar su vida a las ciencias. En lugar de guerrear, cortejar damas o jugar al críquet, se matriculó en el Pembroke College de la Universidad de Oxford.

Alejado de la compañía de sus camaradas, James se recluyó en la biblioteca, como un gusano en su crisálida, para leer el *Suplemento al viaje de Bougainville* de Diderot. También pasaba mucho tiempo en el Museo Ashmolean, maravillándose ante un relicario que conmemoraba el martirio de Santo Thomas Becket, arzobispo de Canterbury, en manos de los secuaces de Enrique II.

Su disciplina favorita era, no obstante, la geología. Durante sus años de estudio, había cobrado una gran afición por las piedras. Entre las rocas metamórficas y las rocas sedimentarias, prefería las sedimentarias por su gama más variada de colores, que podían ir del rojo al negro, pasando por el rosado, el anaranjado o el ocre.

Por las rocas ígneas, en cambio, sentía una fuerte antipatía, que rayaba por momentos en el odio visceral, sobre todo cuando estudió la anatomía del volcán Grímsvötn, situado en el sur de Islandia. Este monstruo, que entró en erupción un domingo del mes de abril en que había amanecido fresco y despejado, eructó millones de toneladas de lava basáltica y nubes de dióxido de azufre, exterminando al noventa por ciento de la población de la isla.

3

Para mitigar el oprobio de su madre, había llevado hasta entonces el apellido de su primer esposo, Sir James Macie, un caballero con el rostro deformado por la viruela, muerto prematuramente poco antes de su nacimiento, de quien solo llegó a conocer un retrato pintado por Thomas Gainsborough. Con el tiempo, esta impostura le resultó intolerable y rogó a Sir Hugh Smithson que lo reconociera como hijo, permitiéndole utilizar su nombre.

Al principio, el duque se hizo el desentendido. Pero James no se echó atrás e insistió. El caballero le cerró las puertas en las narices. James no dio el brazo a torcer y lo hostigó a la salida del servicio dominical. Lo apostrofó en una de las veladas organizadas por Lady Peel en su casa de campo. Se entrometió en una de sus partidas de caza, increpándolo delante de los criados. Hugh Smithson lo maldijo, condenando su nombre, su existencia y las entrañas que lo habían traído al mundo.

Tras semejante crispación, cayó gravemente enfermo. Roído por los remordimientos de una vida que había sido puro libertinaje, el anciano terminó aceptando la solicitud de su hijo ilegítimo, poco antes de ser guadañado por una congestión cerebral, legándole la vigésima quinta parte de sus tierras.

4

James Smithson nunca se casó, nunca tuvo hijos y, hasta donde llegan mis conocimientos, tampoco queridas. La única relación que tuvo fue un noviazgo con Louise Hodges, su prima, que tan pronto como hubo comenzado, concluyó. Cuando fue anunciada la ruptura y la flamante prometida rompió a llorar, para consolarla de este sinsabor James sacó el tubo de ensayo que siempre llevaba consigo y, recogiendo con sumo cuidado tres lágrimas, las observó en un microscopio y las sometió a un análisis químico.

En el humor lacrimal derramado por Miss Hodges, James Smithson identificó diversas sales minerales, entre las cuales figuraban el sodio, el cloro, el potasio, el calcio, el magnesio y una cantidad inesperada de fósforo, probablemente motivada por la amargura.

También descubrió que, al igual que los copos de nieve, cada lágrima poseía una arquitectura propia, determinada por la emoción. Las lágrimas de alegría eran romboidales, con ángulos agudos. Las lágrimas de tristeza, en cambio, adoptaban formas elípticas. Las lágrimas de aburrimiento, provocadas por un bostezo, al igual que las lágrimas basales derramadas de continuo para lubricar el ojo, se distinguían por su forma esferoidal.

Años más tarde, los estudios de Fourcroy confirmarían estos hallazgos.

5

Siempre acompañado por un lacayo, el fiel Steven Scott, James viajó por Europa, recorriendo imperios que, como castillos de naipes, se erigían y se derrumbaban en un instante, sacudidos por revoluciones y contrarrevoluciones y la coronación de emperadores enanos que aspiraban a conquistar el mundo en nombre de la libertad.

Frecuentó al neptunista Abraham Gottlob Werner y al plutonista James Hutton. Vivió en Venecia. Se carteó con el barón Von Humboldt. En Hamburgo, los médicos le diagnosticaron un principio de tuberculosis y le recomendaron una estadía en los Alpes.

–Mi nombre –se dijo un día durante un paseo por las montañas, al borde de un precipicio, ante una vista panorámica impresionante, con el cabello ondulado por el cierzo, antes que se le cortara la respiración–, mi nombre ha de perdurar en la memoria de la humanidad, cuando los títulos nobiliarios de los Northumberland y los Percy y los Hungerford y los Somerset y los Tudor se hayan extinguido.

Intentó escribir un tratado de química subterránea que describiera y analizara los diversos gases que borboteaban en los subsuelos de Inglaterra. Comenzó, pero no tuvo tiempo de continuar. Se apagó en Génova, a los cuarenta años.

Según su testamento, legaba la totalidad de sus haberes a Steven Scott, su más fiel servidor. Si su lacayo llegaba a extinguirse sin descendencia, su última voluntad era que con su fortuna se creara, en la ciudad de Washington, un establecimiento que llevara su nombre, al servicio del progreso y la difusión del conocimiento entre los hombres.

6

Steven Scott murió sin descendencia. Tiempo después, los abogados de James Smithson notificaron al consulado norteamericano en Londres la existencia de aquel legado, que ascendía a unos 100.000 soberanos de oro, el equivalente de 500.000 dólares. El embajador escribió de inmediato al secretario de Estado, que anunció la noticia ante el Congreso. La Cámara de Senadores y la de Representantes deliberaron para saber si convenía aceptar o no aquel dinero y sus condiciones.

–Sin lugar a dudas –dijo Ethan Payne, senador de Maine– El-Que-Mora-Allá-Arriba estaba de excelente talante cuando creó esta parcela del universo, dotándola con tierras tan fértiles, ríos de cien millas de largo, bosques en perfecta armonía con el paisaje, lagos tan extensos como el mar Caspio. Así como hace llover sobre las praderas para que crezca la hierba, ahora nos espolvorea con esta lluvia de doblones de oro que estamos obligados a aceptar, por mera cortesía ante Sus designios. Con este legado, podríamos...

–¡Objeción! –exclamó Kent Larson, senador de Alabama, poniéndose de pie, apretando los puños, con las venas de las sienes a punto de estallar–. Cuando un pueblo decide disolver los lazos que lo unen a otro, a fin de vivir según los derechos y deberes que imponen la libertad y la igualdad entre los hombres, conforme a las leyes de su Autor, resulta inadmisible volver a colocarle en los tobillos los mismos grilletes que rompió, vertiendo tanta sangre. Antes de aceptar un solo penique que provenga de una nación tan pérfida como Inglaterra y, para peor, de un bolsillo aristocrático, prefiero que me apliquen un torniquete en la cabeza y comiencen a girar la manivela hasta fracturarme el cráneo, haciéndome escupir los sesos por la boca, la nariz y el ano.

A esta intervención, saludada con aplausos y ovaciones, aunque también desaprobada con murmullos y resoplidos, le siguió un debate eléctrico. Aquella herencia suscitaba mucho entusiasmo, pero a la vez desconfianza, más desconfianza que entusiasmo y más hostilidad que desconfianza. En uno de los escrutinios más cerrados que se conociera hasta entonces fueron aceptados el legado de James Smithson y sus cláusulas.

No hubo tiempo de decidir qué destino darle a aquel dinero. Absorbidos por problemas más acuciantes, como la guerra contra México, los legisladores dejaron el asunto en manos de un directorio presidido por Thomas Lloyds, miembro de la Academia de Ciencias, e integrado por un senador, un representante, el alcalde de Washington y el superintendente del Tesoro Nacional.

Los abogados de Sir Smithson dieron el visto bueno y una fragata, custodiada por dos navíos de guerra para amedrentar a los piratas, zarpó de Plymouth, y una semana más tarde atracó en el puerto de Baltimore con cofres atiborrados de monedas de oro, que fueron convertidas automáticamente, al tocar suelo norteamericano, en dólares.

7

De inmediato, el superintendente del Tesoro Nacional compró bonos emitidos por Arkansas, que ofrecían un 12% de intereses anuales, mucho más rentables que los bonos emitidos por Vermont, que proponían un esquelético 3%, aunque también mucho más expuestos a los vaivenes monetarios.

Ningún problema. Para conjurar los riesgos, diversificó los fondos. Adquirió acciones de los astilleros navales Brummel, con sede principal en Rhode Island. Invirtió en la Baltimore & Ohio Railroad, que según los expertos tenía un futuro muy prometedor. Compró tierras cultivables en Kentucky. Aprovechando una baja de la cotización, compró oro para tener una reserva de metales preciosos, que siempre es un valor seguro en caso de colapso financiero. En los tiempos que corrían, más valía ser precavido.

Mientras que los intereses fructificaban, el directorio discutió qué hacer con aquella masa monetaria en continua expansión. ¿Construir orfelinatos que hospedaran en condiciones dignas a los expósitos, arrancándolos de la miseria y la impiedad, inculcándoles los sanos principios de la religión? Desde luego que no. ¿Crear escuelas en todo el territorio nacional, para brindarles a los niños norteamericanos una educación fuera de lo común, que constituyera un ejemplo, no solamente para la desdentada Europa, sino también para aquellas naciones que acababan de romper el yugo que las ungía a una monarquía tan atrasada como España, aventurándose por el camino de la libertad, tambaleando como un cojo sin muletas? Nada era menos seguro. ¿Fundar una universidad donde se enseñaran las ciencias naturales, la química, la física, la matemática y la astronomía y que tuviera el mejor equipo de béisbol? Tampoco. ¿Entonces qué? ¿Financiar conciertos, exposiciones y salones literarios donde se leyeran poemas, celebrando o deplorando, según las modas, la vida en el campo o la modernidad de la ciudad, mientras que disimulados detrás de las cortinas dos caballeros se besuqueaban y frotaban? Aún menos.

El testamento declaraba, sin atisbo de duda, que el Instituto Smithsoniano había de estar destinado al progreso y difusión de la ciencia entre los hombres y de ningún modo a actividades filantrópicas, educativas y mucho menos literarias, artísticas o musicales. El mejor destino que podía dársele a aquel dinero era fundar un museo nacional que albergara, en condiciones óptimas de preservación, las colecciones de piedras, plantas, animales y fósiles recolectados por Lewis y Clark, Henry Dodge o Zebulon Pike, entre tantos otros.

De un tiempo a esta parte, insignes ciudadanos habían manifestado con ahínco, en foros y asambleas, o a través de la prensa, en columnas de opinión muy leídas, la necesidad de preservar aquellos especímenes que dormitaban en los sótanos del Departamento de Interior, cubiertos de polvo, amenazados por las polillas.

En la última década, varios proyectos de creación de un museo nacional fueron discutidos apáticamente en el Congreso, sin llegar a ningún acuerdo. La mayoría de los senadores y representantes consideraba que aquel asunto era de la incumbencia del gobierno federal. El gobierno federal, por su lado, dejaba aquel proyecto en manos de la iniciativa privada, arguyendo que existían otros problemas prioritarios, como la construcción de vías férreas que conectaran la Costa Este con la Costa Oeste, sin olvidar que, con la adquisición de Texas, Nuevo México, Arizona y California, las arcas públicas estaban casi vacías. Los filántropos, a su vez, replicaban que ya habían invertido suficiente dinero en hospitales, hospicios y residencias para madres solteras. El Amor del Altísimo no tiene límites, pero la bolsa de los contribuyentes sí. Correspondía a los senadores y representantes encontrar una solución.

La discusión se había envenenado. El Departamento de Interior amenazó con poner en la calle aquellos cachivaches que entorpecían los pasillos. Ya no había lugar para los archivos. Las oficinas estaban atiborradas de animales embalsamados y, peor aún, alimañas enfrascadas. Muchos empleados se negaban a trabajar en compañía de una serpiente de cascabel ahogada en un recipiente con alcohol etílico o un escarabajo rinoceronte expuesto en un estuche de cristal como si fuera una gema preciosa. Por más que organizaron huelga tras huelga, exigiendo condiciones de trabajo dignas, las autoridades hicieron caso omiso de los reclamos.

Que la herencia de James Lewis Smithson llegara en el momento que llegó, era una prueba más de la existencia de una Ley que gobernaba el universo y tenía predilección particular por Norteamérica. Con esa fortuna podían crearse diez museos o un establecimiento que fuera diez museos en uno.

El directorio aprobó el proyecto por unanimidad.

8

Washington era una ciudad apenas más grande que una aldea, pero con aspiraciones a ser una gran capital. Por el momento, era necesario reconocerlo, eran intenciones más que hechos.

Las grandes avenidas concebidas por Pierre Charles L'Enfant nacían en la nada y no conducían a ninguna parte, a no ser a monumentos desprovistos de esplendor, que conmemoraban los héroes y hazañas de una historia que acababa de empezar y no tenía mucho que contar. En lugar de parques, existían terrenos baldíos donde se acumulaban desperdicios. No había veredas por donde caminar sin ser atropellado o salpicado por los carruajes. En las calles, cubiertas de estiércol, se paseaban más perros, cerdos o gallinas que transeúntes. Había una biblioteca magnífica, pero con escasos lectores. Existían teatros, pero faltaban artistas y sobre todo un público capaz de permanecer sentado y comportarse correctamente durante más de una hora. Un lugar un poco más animado eran las casas que bordeaban las orillas del Potomac, pero frecuentado por un elemento de baja calaña, carcomido por la sífilis.

Estas carencias, no obstante, redundaban en beneficios. Había tanto espacio por poblar y tantas instituciones por fundar, que no resultó nada difícil adquirir un terreno que nadie codiciaba en la Explanada Nacional, al lado de una solitaria estatua que aspiraba a representar a George Washington.

Sin tiempo que perder, James Hamilton, Jr., el arquitecto nombrado por la Subsecretaría de Obras Públicas, diseñó un castillo que combinaba el estilo gótico anglonormando con motivos románicos, inventando un estilo propio, típicamente washingtoniano, que algunos visitantes ingleses, pésimamente intencionados, llegaron a calificar de *gótico bastardo*.

En el proyecto original, se pensó utilizar mármol blanco, como en el resto de los edificios administrativos. Pero James Hamilton, Jr., quiso darle al castillo smithsoniano un toque más fantasioso y optó por una piedra arenisca color lila, extraída de las canteras de Seneca Creek, en Maryland.

Ningún esfuerzo fue escatimado. Al cabo de cinco años, Washington contó con un monumento digno de asombro y admiración que nada tenía que envidiarle al Museo Británico, al palacio del Louvre o al Museo de Historia Natural de Viena.

El edificio tenía dos pisos y dos alas conectadas por galerías. En el centro de la fachada norte, se erigían dos torres de 150 pies, las más altas construidas en Norteamérica hasta entonces. En la fachada sur, había una torre de 91 pies. En la esquina nordeste, un campanario de 117 pies. En la esquina sudoeste, una torre ortogonal, también de 117 pies.

Rodeaba al castillo smithsoniano un jardín que se extendía de un extremo al otro de la Explanada, con un césped impecablemente cortado, hileras de arces, robles y cerezos, flores dispuestas según una estudiada combinación de colores y un estanque circunnavegado día y noche, sin interrupción, por una flotilla de cisnes.

Cuando el último árbol fue plantado, el jardinero soltó cientos de ardillas.

9

Tras examinar la candidatura de varios hombres de ciencia, el directorio eligió como primer director del museo a Zacharias Spears, probablemente la persona más idónea para llevar a cabo esta hazaña. Salido de una familia de cuáqueros de Harrisburg, Spears había alcanzado, antes de cumplir los cuarenta años, los peldaños más altos de la carrera científica.

Su vocación se despertó durante la adolescencia, cuando visitó una exposición itinerante de animales embalsamados, organizada por un artista francés, de paso por su ciudad natal. Quedó tan fascinado que, al poco tiempo, Zacharias se compró un manual de disección por 2 centavos y se puso a embalsamar por su cuenta, comenzando por su propio hámster, muerto de un enfriamiento.

Se matriculó en la Universidad de Pennsylvania, donde estudió botánica y zoología, anatomía comparada y paleontología. Asistió a un ciclo de conferencias dictadas por Joseph Leidy, sobre la fauna extinguida del territorio de Nebraska. Sintió un interés muy particular por el Laboratorio de Taxidermia, dirigido por Neil Stevens, uno de los especialistas más reconocidos, quien lo inició en los problemas del arte de embalsamar y a quien ayudó a resolver un problema que obstaculizaba su progreso.

Como es sabido, los grandes enemigos de los cuerpos embalsamados son las larvas, cuya glotonería por las golosinas momificadas no tiene límites. Más de un ratón de las praderas o una rana mugidora de Florida, disecados por manos inexpertas, al cabo de un tiempo se tornaron humo, polvo, sombra, nada.

Para terminar con este flagelo, los taxidermistas probaron infinidad de recetas, como por ejemplo la fumigación con ácido sulfuroso volátil o la aplicación de una pomada de mercurio. Estas técnicas, si bien habían puesto freno al agusanamiento, también habían provocado estropicios en plumas y pelajes. Muchos ciervos y pavos reales de Maryland tratados con este procedimiento se convirtieron en perros sarnosos o pollos desplumados, cuando no en esqueletos de alambre.

Durante un tiempo, se recurrió al jabón arsenical, inventado por Jean-Baptiste Bécœur, boticario de Metz, fabricado con dos libras de jabón de Marsella, arsénico pulverizado, sal tártara, cal en polvo y alcanfor. Este procedimiento, si bien evitaba la descomposición sin arruinar los especímenes, también presentaba un efecto adverso no menos engorroso que los otros, como la intoxicación de quienes manipulaban el pellejo sin la protección adecuada. El invento de Jean-Baptiste Bécœur hizo sucumbir a muchos criados, anticuarios, taxidermistas y al mismísimo Jean-Baptiste Bécœur.

¿Qué hacer? Los productos que destruían a los gusanos atacaban al animal embalsamado. Los que no arruinaban el pelaje o el plumaje, envenenaban a los humanos. Los que no producían ninguno de estos dos efectos adversos eran ineficaces contra las larvas. Zacharias Spears descubrió que, en lugar del arsénico o ácido sulfuroso, era posible utilizar el bórax, nombre comercial del tetraborato de sodio. Esta sustancia preservativa era tan eficaz como las otras, pero sin ninguno de sus efectos tóxicos o corrosivos. Con este hallazgo, Zacharias Spears contribuyó, desde muy joven, a la conservación de las especies.

10

Ni bien patentó en el Registro de Propiedad Intelectual el descubrimiento del bórax, Zacharias Spears dejó la aplicación de esta técnica en manos de otros. Cansado de la muerte, se volcó hacia la vida. Una vez que se graduó, se puso a trabajar para Ryan Wagner, un destacado ornitólogo de la Sociedad de Pájaros de Pennsylvania, ayudándolo a revisar la nomenclatura.

Los primeros naturalistas habían cometido el error de utilizar los mismos nombres de la desdentada Inglaterra para nombrar a los pájaros de América. Se llamaba cuervo a una corneja y corneja a una urraca, que en realidad era un grajo de pico negro. Era imprescindible poner orden en este caos para llamar, de una vez por todas y para siempre, cuervo norteamericano al cuervo norteamericano y no a una especie parecida aunque no idéntica.

Zacharias acompañó a Ryan Wagner en sus excursiones, describiendo plumas, picos y alas, como así también maneras de volar, caminar y nadar, teniendo la precaución de no llamar pájaro carpintero bellotero a un pájaro carpintero picapinos. Durante meses observaron y dibujaron cientos de aves.

De hecho, nada más difícil que dibujar un pájaro. A diferencia de los reptiles y mamíferos, los pájaros nunca se quedan quietos. El ojo y la mano tienen que ser muy veloces para capturar formas y colores, antes que estas criaturas se pongan a brincar, levantar vuelo y posarse en una rama lejana, fuera del alcance del observador. Siempre nerviosos, viven en un mundo percibido como una pura amenaza.

Agazapados detrás de unos arbustos, Zacharias Spears y Ryan Wagner espiaron el comportamiento de un cuclillo pavonino. ¿Pero sería un cuclillo pavonino? Sea cual fuere el nombre, cuando advertía que una bandada de pájaros estaban picoteando granos, este plumífero caía en picada. Creyendo que se trataba de un aguilucho, los pájaros huían, dejando a su merced los mejores bocados. Tras llenarse el buche, el cuclillo levantaba vuelo. Posándose en la rama de un árbol no muy lejano, emitía un graznido que no se sabía, a ciencia cierta, si era un grito de júbilo, vergüenza o venganza. Era como si les dijera: «Sobrevivimos al amor como a otras cosas y en el cajón lo guardamos hasta que nos parece moda antigua, como un traje usado por grandes señores.»

11

Considerando que ya había dicho todo lo que podía decir sobre los pájaros, Zacharias Spears se tornó hacia el animal más democrático de Norteamérica. Durante un año estudió la vida de los castores del río Delaware. En materia de gobierno, en lugar de someterse al yugo de un tirano, como los lobos, los leones o los mandriles, esta especie prefería delegar su poder a una asamblea de representantes.

Cuando terminaba el verano, los castores celebraban un consejo para saber si habían de continuar residiendo en el mismo lugar, ejecutando los arreglos necesarios en viviendas y diques; o bien si, para felicidad de los ciudadanos, convenía mudarse a otro paraje donde la comida fuese mucho más abundante. Si esta segunda moción era aprobada, se constituía un comité de exploradores que prospectaba el terreno en busca de un nuevo hogar, por lo general cerca de un bosque.

Era muy curiosa la manera que tenían los castores de derribar los árboles. Al rayar el alba, obreros de todas las edades se dirigían en cuadrillas hasta el soto seleccionado. El castor o la castora que se encargaba de supervisar las obras públicas, les indicaba a los obreros el árbol que había que echar abajo y daba la señal, golpeteando con la cola contra el agua. Los obreros se ponían a roer el tronco del lado que daba al río. Cuando el árbol comenzaba a tambalearse, la castora o el castor supervisor volvía a dar otra señal, pidiéndoles a los leñadores que se corrieran. Con gran estrépito, el árbol caía y los castores lo arrastraban río abajo o río arriba, según correspondiera, hasta el nuevo domicilio, como hacían los egipcios en el Nilo con sus obeliscos tallados en las canteras de Elefantina.

12

Zacharias Spears presentó ante la Academia de Ciencias de Filadelfia sus observaciones sobre los castores delawerianos. De inmediato, esta monografía le valió el reconocimiento de Brandon Lewis, el vicepresidente de la institución, hombre de gran talento pero conocido por su carácter glacial.

Contra toda expectativa, este caballero que había renunciado a fundar una familia para dedicarse de lleno a la historia natural, se encariñó con Zacharias como si hubiera sido su propio hijo. Lo invitaba todas las semanas a almorzar o cenar para conversar sobre la mandíbula de mastodonte que acababa de ser exhumada en Kentucky. Le pedía que lo acompañara por sus caminatas hasta Germantown. Le daba a leer los borradores de sus conferencias, y ante la menor objeción que le hiciera Zacharias, los corregía. Lo cubrió de regalos, entre ellos un reloj de bolsillo, marca Longines, que había pertenecido a su padre.

Cuando no lo veía, lo asaltaba una languidez sin igual. Durante estos períodos, Brandon Lewis perdía todo apetito por la vida. Lo único que atinaba a hacer era escribirle cartas donde se atrevía a llamarlo «mi cervatillo de los bosques de Bald Eagle» o «mi conejo cola de algodón» o, de manera mucho más lacónica pero contundente, «coyote».

Al estallar la Guerra Civil, Zacharias Spears se alistó como cirujano del ejército dirigido por el general George Brinton McClellan y ya nunca más volvió a ver a su protector. A las pocas semanas, Brandon Lewis fue guadañado, atragantándose con una espina de pescado.

13

Hubo en esta contienda más heridos que muertos y más amputados que heridos. Era muy frecuente que lo que comenzaba siendo un simple rasguño, con el calor que reinaba en los estados mississippianos, a la semana siguiente fuera una llaga purulenta, y a la otra, gangrena.

Zacharias Spears tuvo que ocuparse sobre todo de las amputaciones. Durante las batallas de Fredericksburg, Chickamauga y Bull Run, extirpó una cantidad increíble de manos, piernas, dedos, brazos y orejas.

Cuando entablaba amistad con el combatiente a quien había de operar, si disponía de tiempo, aplicaba sus talentos de taxidermista a la preservación del miembro cercenado. Tras espolvorearlo con sal marina, Zacharias Spears lo echaba en una botella que contenía una preparación confeccionada con 6 libras de alcohol etílico y 8 onzas de alumbre en polvo. Cuando faltaban estos insumos, reemplazaba el alcohol por ron y añadía algunos granos de solimán para que la parte amputada no perdiera sus colores. Siempre resulta más fácil reponerse a la pérdida de una parte del cuerpo cuando es posible conservar una reliquia.

Gracias a este gesto taxidérmico, muchos soldados retornaron a sus hogares mancos, cojos, tuertos o desorejados, pero con los miembros extirpados en un frasco. Estos veteranos quedaron tan agradecidos con Zacharias Spears que cada año, para el 9 de mayo, se juntaban en Washington, en The Octopus, una taberna situada al final de New Hampshire Avenue, en las proximidades del Potomac, para beber y brindar en honor a su memoria, cantando y bailando con garfios, parches y patas de palo hasta quedarse dormidos.

14

En virtud de los servicios prestados durante el conflicto bélico, Zacharias Spears fue galardonado con la recompensa más alta que pudiera otorgársele a un hombre de ciencia de su edad y fue nombrado miembro honorífico de la Academia de Ciencias de Filadelfia, ocupando el sitial de Charles Willson Peale, vacante desde hacía varios años.

No fue de extrañar que, al pensar en un hombre para dirigir el museo, la elección del directorio recayera en Zacharias Spears, que aceptó esta distinción no sin reverenciar a aquellos que habían depositado tanta confianza en su persona, jurando hacer todo lo que estuviera a su alcance para dotar a Norteamérica de un Panteón que albergara para el venidero a los héroes de su Historia Natural.

Poco tiempo después, comenzaron a llegar a la capital, en cajas debidamente selladas, 4.000 minerales, 1.000 fósiles, 3.500 vegetales, 2.000 invertebrados marinos, 3.000 insectos, 5.000 anfibios, 8.000 reptiles, 7.000 aves y 6.000 mamíferos, fletados por el Departamento de Interior, para gran regocijo de los empleados.

Fueron compradas las colecciones de varios gabinetes de curiosidades de Georgia, Alabama o Carolina del Sur, total o parcialmente destruidos durante la guerra, que no contaban con los recursos pecuniarios para la reconstrucción. Alentados por estos ejemplos, muchos anticuarios vendieron sus fondos a cambio de una retribución que superaba todas las expectativas. Fue creado el Museo de Historia Natural.

Dorothy Presley donó su colección de arte inglés. Henriette Banks cedió sus pinturas flamencas, italianas y españolas. Para hacerles sombra a sus rivales, Annabeth Murphy Atwood legó un lote de pinturas que contaba con un número increíble de obras maestras europeas. Insignes familias entregaron los retratos de ancestros que habían luchado en la Revolución y que decoraban salones, encima de una chimenea. Matthew Gray ofreció más de cien retratos de George Washington, de frente o de perfil, sentado, de pie o a caballo, incluso a medio acabar. Addison Scott, Jr., regaló un retrato que él mismo había ejecutado de Zacharias Spears disecando un hurón de patas negras. Ya había con qué fundar una Galería de Bellas Artes y Retratos Nacionales.

Los depósitos del castillo quedaron tan congestionados con este aluvión de donaciones que fue necesario estacionar algunas piezas de manera provisoria en las galerías.

Para Zacharias Spears, el objeto preferido de la colección era un meteorito hallado en el desierto de Chihuahua por las tropas norteamericanas, durante la guerra contra México, que había llegado por vía férrea desde San Antonio. Ni bien hubo sido catalogado, fue acomodado de inmediato en el hall central.

II. Historia natural

15

Zacharias Spears delegó la gestión de la Galería de Bellas Artes y Retratos Nacionales a Annabeth Murphy Atwood, atribuyéndole un presupuesto de 150 dólares anuales, para poder dedicarse de lleno a su pasión: la creación del Museo de Historia Natural.

Durante meses, asistido por Miss Sullivan, su secretaria, Mr. Spears pensó de qué manera acomodar en las vitrinas los especímenes en una contigüidad que obedeciera a reglas precisas y evitara el defecto de tantos gabinetes de curiosidades, que procuraban distraer y divertir más que instruir, atiborrando los armarios con armadillos embalsamados, bocales con sangre de dragón, plumas de ñandú, un rifle utilizado durante la batalla de Long Island, los retratos de Elizabeth Lucy Morris pintados por su hija ciega, varias copias del cuadro de Benjamin West conocido con el título de *Agripina desembarcando en Brindisi con las cenizas de Germánico,* un esqueleto de sirena.

El sueño de Mr. Spears era que quien visitara su museo y estuviera predispuesto para tal aventura, emprendiera un viaje hasta espacios y épocas remotas, desplazándose en un vehículo mucho más veloz que el más veloz de los ferrocarriles, como puede llegar a ser la imaginación cuando es custodiada por la ciencia. A diferencia del viajero que se traslada de un lugar a otro, a costa de gastos exorbitantes de transporte, alojamiento y comida, los visitantes del museo podrían recorrer, en unas pocas yardas, aquello que se hallaba separado por montañas, ríos y desiertos. Por el módico precio de 2 centavos, el Museo de Historia Natural daría a ver el espectáculo del mundo, comprimiendo a escala humana el parsimonioso tiempo de los planetas, de modo que hasta un niño pudiera observar, en cuarenta minutos, aquello que había acaecido durante miles de millones de años.

16

Paseándose de un lado a otro de su despacho, sin dejar de fruncir el ceño, deteniéndose de pronto cuando era asaltado por alguna idea luminosa, Zacharias le dictó a su secretaria apuntes para la fundación del Museo Nacional de Historia Natural. Miss Sullivan tomaba notas taquigráficas sin perder una coma, libando el néctar destilado por aquel hombre de ciencia.

Al cruzar el umbral de la entrada norte, las manecillas de un hipotético reloj comenzarían a dar vueltas al revés, a una velocidad vertiginosa. Las agujas marcarían un tiempo retrógrado, en que hoy sería ayer y ayer, anteayer, un tiempo anterior al nacimiento de las naciones modernas, un tiempo anterior al derrumbe de los imperios y fundación de las religiones más antiguas, un tiempo anterior a la invención del reloj, el tiempo que precedió al tiempo, donde un segundo equivalía a varios millones de años, cuando la Tierra no era más que un astro niño apenas salido del útero del sol.

Desprovisto de la majestuosidad de Júpiter, de la gravedad de Saturno con sus siete anillos de metano congelado y hasta de las reverberaciones vespertinas de Venus, la Tierra era, en su primera edad, uno de los planetas menos agraciado del sistema solar.

Ni bien hubo nacido, esta esfera fue atropellada por un planeta gemelo, al que no se le ocurrió mejor idea que rotar en torno al sol en la misma órbita, pero a contramano, con total irresponsabilidad. La colusión dejó a nuestro planeta con un eje de rotación tambaleante, inclinado unos veintitrés grados, minusválido de por vida. De constitución mucho más frágil, su hermano gemelo se pulverizó en el acto, levantando una nube de yeso a partir de la cual nació ese planetoide llamado luna.

De este accidente quedaron vestigios en las piedras lunares, que tras varios billones de años de residencia adquirieron la nacionalidad terrícola, transformándose en las gemas preciosas que podrían contemplarse en la sala I de la galería de los minerales.

17

Bombardeada sin tregua por meteoritos, la superficie terrestre fue el teatro de una intensa actividad volcánica que se extendió durante más de la mitad del Precámbrico. Nadie hubiera apostado un céntimo por este cuerpo celeste machucado, envuelto en una atmósfera maloliente de nitrógeno, amoníaco, azogue y dióxido de carbono. Y sin embargo, en un universo en que todo es repetición, nuestro planeta fue el teatro de una historia que nunca más volvió a repetirse.

Cuando nadie se lo esperaba, a más de treinta mil pies

de altitud, el hidrógeno se unió al oxígeno, formando en la atmósfera vapor de agua que se precipitó sobre la superficie en forma de lluvia, cubriendo la convulsionada corteza de un océano color azul turquesa. Por cierto, este mar en estado de ebullición era completamente venenoso para cualquier ser viviente, dadas las altas concentraciones de azufre vertido por los respiraderos volcánicos, en fumarolas negras, a temperaturas que podían alcanzar los 800 ºF.

Hizo falta que pasaran millones de años para que el mar se enfriara. Fue en este preciso momento cuando la Naturaleza se puso a agitar un salero, echando sobre esta sopa primordial algunas partículas, capaces de autorreproducirse. En palabras que describen con mayor exactitud la realidad, una lluvia de cometas que provenían de una galaxia remota se estrelló contra la Tierra, dispersando en el océano millones de esporas congeladas que dieron origen a los primeros habitantes de nuestro planeta: unos hongos que, aclimatándose perfectamente al nuevo hábitat, se multiplicaron.

18

La sopa primitiva fermentó.

En este caldo aparecieron, por duplicación y variación de las partículas primordiales, algas que proliferaron sin dificultad, aprovechando que este planeta tan joven era incapaz de poner freno a su crecimiento. De repente, el mar se pobló de colonias de sargazos verdes, rojos, amarillos, azules y anaranjados.

–¡Cuán bello y tranquilo debió de ser el mundo en aquella época, con tantos colores y sin un solo grito que lo crispara! –exclamó Miss Sullivan, dejando de taquigrafiar. Zacharias Spears le echó una mirada que le heló la sangre.

La quietud duró tan solo un millón de años (en tiempos geológicos, apenas unos minutos). Un día, un liquen se desprendió de la plataforma submarina donde había nacido y crecido. Arrastrado por la corriente, fue ablandándose y perdiendo sustancia, hasta volverse translúcido y gelatinoso. Entonces mutó y le nació un orificio por donde podía ver, oír, respirar, comer, evacuar y besar. Ahí donde había hifas para adherirse a las rocas, le salieron unos filamentos gracias a los cuales podía desplazarse voluntariamente, dando un paso adelante en el camino de la evolución. He aquí la primera medusa.

Fue uno de los momentos más desastrosos de la historia de la vida. Las medusas infestaron los océanos. Sin el menor escrúpulo, atacaron a las otras especies, que, para defenderse de esta inesperada depredación, tuvieron que cubrirse de espinas. Como el alimento comenzó a escasear, las medusas más grandes atacaron a las más pequeñas, que no se dejaron exterminar tan fácilmente y se protegieron con pieles blindadas, obtenidas por la absorción del calcio, un elemento muy abundante en el mar, inventando toda suerte de valvas y caparazones. Vinieron al mundo los primeros moluscos, entre los cuales figuran las amonitas que serían expuestas en la sala III de la galería de los invertebrados marinos.

Fue el comienzo de una desenfrenada carrera armamentística. El perfeccionamiento de los sistemas de defensa favoreció a su vez el desarrollo de los sistemas de ataque, que a su vez obligaron a mejorar los sistemas de defensa y así sucesivamente, en una espiral de violencia que nadie sabía dónde podría terminar.

El océano se atiborró de tentáculos con ventosas, pinzas capaces de quebrar hasta una piedra, púas, aguijones que al clavarse inyectaban venenos letales. Para detectar la proximidad de un posible predador, algunas especies llegaron a poseer hasta seis ojos que les permitían ver a la vez a la derecha y a la izquierda, arriba y abajo, adelante y atrás. A otras, les crecieron glándulas que, llegado el caso, echaban una nube de tinta enceguecedora sobre el atacante, para facilitar la huida.

Hasta el Devónico inferior, ninguna especie logró imponer su señorío sobre las otras, pero este equilibrio se rompió con la aparición de los primeros peces provistos con mandíbulas y varias filas de dientes. Al abrirse y cerrarse, estas piezas óseas eran capaces de cercenar, desgarrar y triturar lo que fuera, incluso las ostras con doble blindaje. Gracias a la invención de esta temible arma de defensa y ataque, los peces conquistaron mares, ríos y lagos.

Poniendo en serio peligro la biodiversidad del mundo marino, estos tiranos engulleron, hasta su extinción, una cantidad incalculable de trilobites, graptolites y almejas, antes de devorarse entre ellos, instaurando un período de terror, al teñir los océanos, por primera vez en la historia del mundo, de rojo.

19

Los océanos, que habían sido uno de los lugares más amenos del universo, se volvieron uno de los más peligrosos. Hasta el Ordovícico temprano era posible pasearse por cualquier paraje submarino, disfrutando de las bellezas de un arrecife de coral o admirando las formas plumosas de los lirios de mar. Ahora ya no. Por todos lados, había mafias de peces dentados al acecho, dispuestos a hincar el diente donde fuera. Incluso en los lugares más frecuentados se multiplicaron los asesinatos a plena luz del día, muchas veces gratuitos, por el puro goce de matar. Ante semejante incremento de la inseguridad, tuvo lugar uno de los acontecimientos más importantes en la historia de la vida: la conquista de la tierra firme.

Un día, al retirarse la marea, algunos peces quedaron varados en una playa, atrapados en una disyuntiva. O bien volver al mar y sucumbir entre los dientes y tentáculos de algún predador, o bien permanecer en la tierra, en un medio ambiente para el cual no estaban ni física ni psicológicamente preparados y sucumbir también, a menos que pudieran adaptarse. Afortunadamente, esto fue lo que ocurrió. He aquí los primeros anfibios.

Se produjo un éxodo. Infinidad de criaturas, hartas de vivir en medio de tanta inseguridad, abandonaron el mar, en filas interminables, dejando atrás lo que poseían. Muchas perecieron en la travesía, víctimas de las enfermedades, el frío o el hampa. Otras no pudieron soportar la lejanía del país natal y volvieron a sus hogares, para ser engullidas. Algunas especies se instalaron en las orillas y pantanos, construyendo viviendas precarias. Para disipar la tristeza, danzaban y croaban, entonando cantos que les hacían recobrar el paraíso de la infancia submarina.

Estos expatriados se vieron obligados a cambiar la forma de reproducción. En lugar de abandonar sus gametos en el océano y dejar que las corrientes marinas se ocuparan del resto, tuvieron que ingeniárselas para evitar la desecación de los fluidos, y fue así como inventaron el coito y el huevo, revolucionando la historia de la sexualidad.

Los primeros animales terrestres se pusieron a fornicar, probando todo tipo de posiciones, algunas bastante acrobáticas, siempre placenteras, aunque por momentos dolorosas. El mundo se plagó de huevos que eclosionaron, dejando salir lagartijas, salamandras y víboras. En sus primeras excursiones tierra adentro, se encontraron con selvas de helechos, lianas y árboles a los que pudieron trepar o enroscarse. Los vegetales, que habían colonizado la tierra varios millones de años antes, habían alcanzado todo su esplendor, como lo demuestran las secuoyas petrificadas, halladas en Napa Valley, California, expuestas en la sala VII de la galería botánica, que llegaron a medir más de trescientos pies de altura.

20

La vida en nuestro planeta gozó por unos instantes (en tiempos geológicos: medio millón de años) de un período de bonanza, que favoreció la evolución de la materia viva. Los reptiles alcanzaron un desarrollo extraordinario y se impusieron como soberanos del mundo, adueñándose de territorios que ningún otro animal había hollado hasta entonces, como los desiertos.

Para los dinosaurios herbívoros, la vida en la tierra fue una verdadera bendición. A los iguanodontes les bastaba con alzar el pescuezo, que ya había llegado a medir unos quince pies de largo, para alcanzar las hojas más tiernas que crecían en la copa de los árboles o desprender los frutos que colgaban de sus ramas, cubiertos de rocío, inaccesibles para las especies de talla reducida. Para los carnívoros que se alimentaban de estos herbívoros tan bien alimentados, la tierra también fue un lugar paradisíaco. El clima era siempre soleado, sin ser excesivamente caluroso, con un porcentaje de humedad moderado y vientos leves del sector norte.

Los disgustos comenzaron con el advenimiento de los tiranosaurios. Para suministrar el aporte energético recomendado a un cuerpo que medía veinticinco pies de alto y pesaba más de diez toneladas, a estas bestias les hacían falta varios almuerzos y cenas por día, que metabolizaban en estómagos y tripas de dimensiones no menos descomunales, a juzgar por los coprolitos expuestos en la sala XI de la galería de los reptiles.

Emitiendo por las pupilas unos rayos rojos, los tiranosaurios arremetieron contra todo lo que se les cruzaba en el camino. Dotados de un cerebro de tortuga, no eran solamente los animales de mayor apetito, sino también los menos inteligentes. Bufaban y rugían todo el tiempo. No sabían distinguir un animal vivo de uno muerto, una roca de un tronco, una lagartija de un cocodrilo. A veces se ponían a perseguir su propio trasero, pensando que se trataba del de otro animal, y daban vueltas hasta caer mareados y fracturarse la cadera. Estaban llenos de machucones y arañazos por los golpes que se daban.

–¡Por Dios! –se atrevió a decir Miss Sullivan–. ¡Qué tontos eran!

Para resistir a sus temibles ataques, muchos dinosaurios tuvieron que ingeniárselas para modificar sus anatomías, aliando belleza y defensa. Algunos se acicalaron con una cresta dorsal. Otros se cubrieron con púas, adoptando el aspecto de caballeros medievales, con coto y coraza. Otros, que se engalanaron con protuberancias alrededor del cuello en forma de lechuguilla, hacían pensar en pajes de la corte de la reina Isabel, durante una representación de una tragedia sangrienta de Christopher Marlowe.

21

Para sobrevivir en este mundo regido por la violencia, a muchos saurios, en particular los más diminutos, no les quedó más remedio que vivir agazapados en los follajes de los árboles, con el corazón en la boca. No sin destreza, saltaban de rama en rama, y a veces de árbol en árbol, en busca de alimento. Un día, uno de estos pobres animales se resbaló y se desplomó. Pero en lugar de precipitarse en el vacío y estrellarse contra el piso, haciéndose añicos, aprovechó la fuerza de la caída para convertir la energía potencial en fuerza cinética, inventando un nuevo medio de locomoción: el vuelo. Para su gran sorpresa y la de los otros, este reptil minúsculo se echó a planear, dejándose llevar por el viento, hasta posarse sobre una rama que se hallaba a media milla de distancia.

La experiencia fue repetida por estos animalitos un número considerable de veces hasta dominar a la perfección el arte de volar. Mucho más avispados que aquellos bobalicones que sembraban el terror allá abajo, estos reptiles descubrieron que si agitaban las patas o movían la cola, eran capaces de ganar o perder altitud, doblar a la derecha o a la izquierda, aumentar o disminuir la velocidad. Esta nueva habilidad no solamente los puso al abrigo de la ferocidad que convulsionaba el mundo terrestre, sino que también les brindó un nuevo nicho ecológico, hasta entonces virgen, donde hallaron las condiciones óptimas para triunfar.

El cielo fue colonizado por pterodáctilos que volaban en todas direcciones, armónicamente, sin entrechocarse, batiendo lentamente las alas, planeando como barriletes forrados con piel de víbora. ¡Cuánto donaire! Hasta entonces, ninguna otra especie había poseído la misma liviandad. Cuán incómoda tuvo que haber sido la coexistencia con aquellos bravucones sin modales, que gobernaban despóticamente la tierra. Debieron de sentirse como príncipes entre vándalos.

De estos reptiles alados descienden las aves que llevaron aún mucho más lejos esta belleza aerodinámica, como puede apreciarse en los albatros, águilas y cóndores disecados de las vitrinas de la galería ornitológica.

22

Este momento de levedad duró muy poco. A fines del Cretácico, un meteorito se estrelló en el desierto de Sonora, dejando un cráter a partir del cual se formó el golfo de California. Si al principio un aerolito había traído la vida, esta vez trajo la muerte.

La explosión fue de tal magnitud que todos los seres vivos que se encontraban a cinco mil millas a la redonda fueron fulminados en el acto. Las aguas del océano se retiraron y al retornar con olas gigantes destruyeron todo a su paso, ahogando a muchas especies que habían escapado a la hecatombe inicial.

Una nube de iridio pulverizado encapotó la tierra. Se cortó la luz. La temperatura descendió brutalmente. Comenzó el invierno más largo de nuestra historia planetaria, durante el cual el casquete polar se extendió hasta los trópicos.

Con la falta de luz, se extinguió gran parte de la flora. Con la extinción de la flora, desaparecieron gran parte de los herbívoros y con ellos los carnívoros. Esta catástrofe terminó con el noventa y cinco por ciento de las especies, produciendo en la historia de la vida un considerable retroceso.

23

–Aunque retroceso no es el término más adecuado –precisó Zacharias Spears, pidiéndole a Miss Sullivan que enmendara de inmediato lo que acababa de decir.

La Naturaleza nunca da marcha atrás. Cuando se le presenta un obstáculo, se aventura por senderos laterales. En lugar de destruir, prefiere tachar. Cada período de extinción es sucedido por un período de regeneración, como si la historia de la vida obedeciera a una aritmética contraria a la lógica, que estipulara que para sumar hay que restar.

24

La colisión del meteorito produjo una onda radiactiva que afectó la anatomía de las especies sobrevivientes, entre las cuales figuraba un crustáceo que había pasado desapercibido hasta entonces y estaba llamado a desempeñar un papel fundamental en las metamorfosis de la materia viva. Este crustáceo, para ser más exacto una especie de cangrejo que había logrado resistir a la hecatombe alimentándose de algas podridas, mutó. De pronto, el caparazón se resquebrajó, dejando asomar un animal con pelos, orejas y tetillas: el primer mamífero.

Los mamíferos sobrevivieron a la era glacial, ovillados en las penumbras de una caverna, dándose calor unos a otros, comiendo musgo y excrementos. Cuando la temperatura subió unos 60 °F y los hielos comenzaron a derretirse, una de estas criaturas se atrevió a asomar el hocico y salió de la guarida a dar un paseo. Al constatar que el mundo era de nuevo un jardín, con toda suerte de plantas, árboles y flores, emitió un chillido, dando la señal a sus congéneres.

De las madrigueras, surgieron miles de ardillas que se echaron a correr por las praderas, trepándose a los avellanos, castaños y nogales con gran agilidad. Dotadas de una vida sexual frenética y un gran poder de seducción, fácilmente adaptables a todos los nichos ecológicos, las ardillas se convirtieron en las soberanas del mundo, gracias a su increíble capacidad de transformación.

25

El visitante que observara detenidamente cualquiera de los especímenes embalsamados, expuestos en las vitrinas de las salas XX, XXI y XXII de la galería de los mamíferos, y que deseara someterse a un ejercicio de anatomía comparada, podría advertir, sin demasiados esfuerzos, que todos descienden de este ancestro ardillesco.

–El murciélago –afirmó Miss Sullivan– es una ardilla embozada en una capa que no logró disimular sus problemas de calvicie.

–Exacto.

El conejo es una ardilla albina, de pelo largo y lacio, gordinflona. El ciervo, una ardilla incorregiblemente coqueta, que se podó la cola, se implantó unos cuernos para parecer más alta y aprendió a caminar con unas pezuñas muy incómodas con tanta gracia que hizo morir de envidia al resto de las especies. El búfalo, una ardilla jorobada y calva, excedida de peso y proclive a la bebida. El mastodonte lanudo, una ardilla friolenta, aún más tripuda, con trompa y colmillos. El oso de cara corta, el mamífero de mayor tamaño, rey de los animales.

26

En un universo donde todo es repetición, nuestro planeta fue el escenario de un hecho que nunca más volvió a repetirse, cuando irrumpió en la corteza terrestre el animal más perfecto de todos los que habían existido hasta entonces, destinado a convertirse en amo y señor del mundo.

Este acontecimiento ocurrió cuando, tras una serie de mutaciones, cierto género de ardillas creció hasta alcanzar unos cinco pies de altura y adoptó definitivamente la postura bípeda y comenzó a hablar, emitiendo chillidos que poseían múltiples sentidos, y descubrió el fuego y comenzó a asar las castañas, nueces y avellanas antes de comérselas porque le daba asco ingerirlas crudas. Llegado a este momento culminante de la evolución de la materia, la Naturaleza fue, no solo producción y reproducción, sino también autorreflexión de sí misma, por sí misma y en sí misma.

¿En qué momento preciso advino lo que advino? ¿De qué manera? ¿Hubo un Designio Inteligente? ¿O todo fue producto del azar? ¡Vaya preguntas! Entre los mamíferos ardillescos más evolucionados y el hombre, tal como lo conocemos hoy en día, hay un abismo sideral, como si la Naturaleza se hubiera divertido en hacer volar en mil pedazos el puente que en algún momento unió animalidad y humanidad, para que nadie pudiera desentrañar sus misterios.

Lo único que es posible conocer con certeza es el lugar donde se produjo este prodigio: Norteamérica. Mientras que en Norteamérica los restos fósiles humanos pertenecen a una época geológica remotísima, en los otros continentes son de una edad mucho más reciente. No hace mucho, en New Jersey, fueron halladas unas mandíbulas de homuncúlido, el fósil antropoide más antiguo del mundo.

–¿Pero no dicen que el hombre llegó a América desde el continente asiático? –replicó Miss Sullivan.

–Desde luego que no –sentenció Spears, sin poder disimular la irritación.

Aquella era una opinión falsa y demasiado propagada, que era imprescindible arrancar de raíz, como una ortiga. No cabía la menor duda. Los primeros hombres aparecieron en Norteamérica y desde ahí poblaron el resto del mundo, cruzando el istmo de Bering hacia el continente asiático, donde se transformaron en chinos, mongoles, hindúes, persas, egipcios, hebreos, griegos, romanos e ingleses, antes de zarpar de Plymouth y retornar a América.

27

En su fuero interior, Zacharias Spears temía que estas modestas mandíbulas homuncúlidas, para colmo de males desdentadas, expuestas en la última vitrina de la última sala de la última galería, pudieran llegar a decepcionar, a pesar de su indiscutible antigüedad, a quienes quisieran terminar la visita con la contemplación de un esqueleto completo, bien barnizado, de hombre fósil, ensartando un mamut con una lanza.

¿Pero acaso no podía hacérsele el mismo reproche al Museo de Historia Natural de San Petersburgo, que solo poseía un cráneo abollado de hombre de Heidelberg? ¿O al Museo de la Prehistoria de Copenhague, que se ufanaba de exhibir una costilla del hombre de Java fisurada? Por no hablar del Gabinete Real de Madrid, que presentó durante años una vértebra de oso haciéndola pasar por una cadera de niño de Cromañón.

Zacharias Spears era consciente de las lagunas del museo. Lejos de negar este hecho, hizo todo lo que estuvo a su alcance para mitigar frustraciones y desencantos. Para compensar toda posible desilusión, la visita terminaba con una tienda donde los visitantes podían adquirir, por un precio asequible, rompecabezas con pterodáctilos, móviles con medusas, ardillas de peluche, un estuche de cristal con un fragmento de meteorito.

Y esto no era todo.

–Si al cabo de cuarenta minutos de recorrido –estatuyó– hubiera alguien que dejara el Museo de Historial Natural sin estar cien por cien satisfecho de la visita, estoy dispuesto a reintegrarle de inmediato, sin mayores trámites, el dinero de la entrada, presentando el ticket en la Oficina de Reclamos.

28

Afortunadamente, esta medida precautoria resultó innecesaria.

Tras la inauguración, el museo recibió en tan solo un mes a más de 30.000 visitantes, con una frecuencia promedio de 1.000 visitantes por día y 125 visitantes por hora, extasiados ante la belleza de una ostra recogida en las orillas del lago Ontario. Muchos de ellos residían en la capital, pero otros habían viajado expresamente desde Ohio, Michigan o Georgia para admirar las maravillas de la colección.

Ciertos días de la semana, y mucho más aún los sábados y domingos, la afluencia era considerable. Varias horas antes de la apertura, delante de la puerta se formaba una fila que muy pronto se ponía a serpentear, donde se sucedían hombres y mujeres, padres e hijos, jóvenes y ancianos, rebosantes de curiosidad. Para hacer más amena la espera, los visitantes traían sillas y provisiones, leían el diario o cantaban.

Al abrirse las puertas, eran frecuentes los altercados contra aquellos que pretendían colarse, invocando obligaciones laborales, horarios de trenes o achaques de salud. Era muy difícil contener a esta multitud con tanta sed de fósiles.

Un domingo del mes de noviembre, ante la excesiva afluencia, las puertas fueron cerradas una hora antes de lo previsto, impidiendo el ingreso de una muchedumbre que había hecho la cola durante más de tres horas bajo la aguanieve. Estalló un motín. El guardia que intentó interponerse para frenar la arremetida terminó con un hueso roto. Fue necesaria la intervención de la policía municipal. El incidente dejó un saldo de cincuenta detenidos. La opinión pública se conmovió con el caso de Mrs. Worthingham, una viuda que había venido desde New London, Connecticut, cuyos hijos perecieron pisoteados durante la insurrección.

Fue necesario contratar un cuerpo de vigilancia especial para la entrada, a fin de canalizar estas avalanchas y poner al alcance de todos la posibilidad de vivir en condiciones óptimas una aventura tan palpitante sin el menor riesgo.

¿Qué padre habría aceptado que su hijo estuviera a unos pocos metros de un megalosaurio que hubiera podido aplastarlo con una pata que pesaba tanto como un elefante? ¿Qué caballero habría dejado a su esposa o prometida nadando en el mar, cerca de un tiburón que estuviera aproximándose a toda velocidad, con las mandíbulas abiertas, en lugar de estar flotando inerte en un acuario de formol? ¿Quién podría atreverse a observar, con tanta quietud, a una tarántula que estuviera acechando el momento oportuno de atacar y no convenientemente clavada con un alfiler en una caja translúcida?

29

A Zacharias Spears no le bastaba con este agolpamiento de visitantes. Quería que su colección fuera algo más que un mero paseo dominical. Desde el principio de su nominación, había soñado con fundar el museo más grande del mundo, que hiciera empalidecer a la apolillada Europa. Para realizar este sueño era necesario adquirir más especímenes, hecho que ya no resultaba tan fácil como antes.

Emuladas por el éxito washingtoniano, Chicago, Filadelfia, Boston y Nueva York se apresuraron a fundar sus respectivos museos de historia natural, exponiendo las colecciones de manera cada vez más ingeniosa, a fin de atraer la mayor cantidad de visitantes. Y lo habían logrado. Se había desencadenado una feroz competencia.

Con la ley de la oferta y la demanda, la intervención de una mano invisible que orientaba los intercambios monetarios, levantando la mano de un coleccionista por acá y otra más allá, bajando el martillo del subastador cuando el precio había alcanzado la cota más alta, los valores se habían disparado y ya resultaba bastante oneroso adquirir una musaraña embalsamada en un gabinete de curiosidades de una pequeña ciudad, como Donaldsonville, Louisiana. De los fósiles, mejor ni hablar.

En el último año, un esqueleto de *Smilosuchus,* el bisabuelo del cocodrilo moderno, que había sido comprado por 15 dólares, ahora podía ser vendido por 50. Y eso que se trataba de un fósil común y corriente, por otro lado incompleto, reducido a unas vértebras. Para acceder a fósiles de primera calidad, como por ejemplo un *Diplodocus* completo, había que desembolsar sumas colosales que iban a engordar los bolsillos de los especuladores.

Zacharias Spears revolvía en su cerebro, en busca de una idea digna de su genio para las ciencias, aplicado al arte de administrar museos, cuando súbitamente encontró una solución. O, mejor dicho, la solución vino hacia él, cuando una mañana golpeó a la puerta de su despacho Miss Sullivan, para anunciarle que el senador Payne deseaba verlo. A pesar de que no había solicitado una entrevista, lo invitó a pasar y le ofreció una taza de té.

Ni bien tomó asiento, Ethan Payne se puso a hablar hasta por los codos.

III. Más allá del Mississippi

30

Mucho antes que el Sur se amotinara contra el Norte y el Norte arremetiera contra el Sur para aplastarlo en una lucha a muerte de puro prestigio, el Este había comenzado a explayarse hacia el Oeste, como ya había ocurrido durante la era de los Reinos Combatientes, cuando el Reino de Qi atacó al Reino de Wei, Persia invadió Grecia, Roma se anexó Cartago y los vikingos conquistaron Vinlandia. Bajo los efectos de la rotación de la Tierra, la historia no es meramente repetición, tragedia o comedia, sino también desplazamiento de Este a Oeste.

Primero avanzaron tímidamente exploradores y traficantes de pieles de castor. Luego, con un paso más resuelto, militares que escobillaron cuanto nativo y bisonte se les cruzó en el camino. Detrás del ejército, llegaron carretas atestadas de pioneros, que se abalanzaron sobre las tierras como una plaga de langostas.

Tras vallar las parcelas que compraron por 10 dólares el acre cuadrado, construyeron cabañas. Sin tiempo que perder, se pusieron a arar y criar ganado, mientras engendraban hijos para que los ayudaran a criar ganado y arar. Para disipar la tristeza de haber abandonado la tierra natal, tocaban la armónica o el violín, entonando canciones que les hacían recobrar el paraíso de la infancia apalacheña.

Al principio, no fue fácil. Pero nada resulta fácil al principio. Los campos no siempre eran fértiles. A menudo la escarcha quemaba el trigo, el exceso de precipitaciones pudría las raíces del maíz, la sequía mataba las gallinas. La flamante esposa que al llegar era una beldad que todos los vecinos codiciaban, diez años más tarde era una bruja que azotaba a niños mugrientos y ruidosos.

En lugar de desalentarlos, tantas vicisitudes forjaron el temple de estos hombres que lucharon sin cesar para enseñorearse de estos espacios, sin temer a las tribus que aguardaban la noche de luna para caer, como enjambre de hienas, sobre las poblaciones indefensas, robar caballos y manosearles la virtud a damas y púberes.

Ninguna amenaza, ningún peligro les hizo dar marcha atrás. Muy por el contrario. Cada obstáculo que se les presentaba les daba más fuerzas. A una velocidad crucero de setenta millas por año, la frontera fue corriéndose de manera irreversible del Atlántico hacia el Pacífico. Los pioneros que nacieron en Kentucky tuvieron hijos que se asentaron en Illinois y que engendraron hijos que se instalaron en Nebraska, y así sucesivamente, hasta llegar a California y Oregón, donde El-Que-Todo-Lo-Bendice-Desde-Allá-Arriba había estornudado arenas auríferas con tal profusión que, para enriquecerse, bastaba con hundir la mano en un río, cerrar el puño y llenarse los bolsillos con pepitas de oro.

En un abrir y cerrar de párpados, las mandíbulas de este Leviatán devoraron estepas, bosques, praderas, montañas, ríos, quebradas, desiertos. Aquello que fue engullido en tan poco tiempo, no pudo ser digerido al mismo ritmo. Entre el Mississippi y el Pacífico, todavía quedaban inmensos espacios por explorar y ocupar.

¿Qué había entre Kansas y Nevada, entre Dakota del Norte y Texas? ¿Oro? ¿Plata? ¿Acaso tungsteno? ¿Cuántas toneladas de cebada podía producir cada acre de tierra en Nebraska? ¿En Idaho el clima era propicio para la cría de pavos? ¿En qué lugar convenía fundar las nuevas ciudades? ¿Dónde trasladar las tribus primitivas para que no resultaran una amenaza? Y esto no era todo. ¿Qué nuevas especies animales y vegetales pululaban en Montana? ¿Había yacimientos fosilíferos en Dakota del Sur? Dado que numerosos inversores habían manifestado una clara voluntad de hacer transacciones en estas regiones, el gobierno federal había decidido despejar todas las incógnitas.

–No lo dude, Mr. Spears. Los buenos negocios son lo contrario de un buen matrimonio. A la inversa de un recién casado, ningún banquero arriesga su dinero en tierras vírgenes –sentenció el senador Payne.

A instancias del Departamento de Interior, el Congreso había decidido prospectar exhaustivamente las riquezas geográficas, geológicas, botánicas, zoológicas y humanas que atesoraba el Oeste. El gran inconveniente era, como siempre, el costo de las expediciones. Había que pagar no solamente el estipendio de los expedicionarios, sino también los seguros de salud y pólizas de accidente, según la nueva reglamentación en vigor, sin olvidar los viáticos para solventar una salida nocturna a cualquiera de las tabernas que se erigían en medio de la nada, para echarse un trago, subir tambaleante por las escaleras, perderse en un laberinto de pasillos y golpear a la puerta del burdel. Para ello, era necesario recaudar unos 200 dólares por expedición. El gobierno federal estaba dispuesto a invertir hasta unos 75 dólares, pero dados los tiempos de austeridad que corrían, ni un centavo más. Una comisión parlamentaria había sido nombrada para prospectar fuentes de financiación alternativas, nombrándolo director. Tras beber un sorbo de té, que a esta altura de la charla estaba completamente frío, el senador formuló por fin la pregunta:

–¿Usted cree que su museo estaría interesado en costear alguna expedición que colabore a ampliar el conocimiento entre los hombres, aportando, digamos, no es más que un ejemplo, unos 35 o, quizá, unos 50 dólares? Esta generosidad, Mr. Spears, le será retribuida con creces.

31

El senador Payne no mentía.

Si con los especímenes recolectados por Lewis & Clarke bastó para crear las tres cuartas partes del Museo de Historia Natural, era de esperar que con estas nuevas expediciones fuera posible abrir una nueva sala, consagrada a especímenes transmississippianos.

Zacharias Spears subvencionó varias expediciones, dirigidas por militares jubilados pero con sed de aventuras, o bien por ingenieros recién recibidos pero con ganas de hacer figurar una primera experiencia laboral en su currículum vitae, que cartografiaron minuciosamente los cientos de millas cuadradas comprendidas entre las Sierras Nevadas y las Montañas Rocosas, los dominios británicos del Canadá y la República Tropical de México, no sin corregir a cada paso los errores que estropeaban los mapas.

Estos expedicionarios se abrieron camino por praderas donde pastaban los últimos bisontes. Penetraron bosques de pinos que se erguían a más de ocho mil pies de altitud. Vadearon ríos y lagos de agua salada. Cruzaron desiertos, montañearon, hicieron un alto para asar el venado que acababan de cazar. Al final de la cena, terminaron durmiendo entrelazados, sin respeto de las jerarquías al menos por aquella noche, el jefe apoyando la cabeza sobre el torso velludo del aprendiz de cocinero.

Después de este merecido descanso, levantaron campamento y siguieron ruta. Midieron escrupulosamente con un sextante la latitud y longitud de los cañones. Bautizaron cada accidente geográfico que cruzaron con el primer nombre que se les ocurrió, volando de un plumazo la antigua toponimia. Recogieron hierbas y capturaron animales que una vez desollados fueron sumergidos en brandy para evitar que se descompusieran. Desenterraron huesos de monstruos antediluvianos o algo que se les parecía. De repente, tropezaron con bandas de cheyenes, arapahoes, shoshones, payutes y utes, que se escabulleron tan pronto como los atisbaron, dejando al lado del fuego utensilios de cocina primitiva que de inmediato fueron recogidos, lavados y guardados.

Bajo los efectos de la luz crepuscular, algunos escribieron poemas muy malos, movidos por el terror deleitoso que les despertaba el paisaje, entremezclados con el recuerdo del primer amor que colapsó, cavando en las entrañas una herida que nunca iba a cicatrizar. Otros prefirieron escribir un diario. Otros, fotografiar aquellas perspectivas que cortaban el aliento o autofotografiarse adoptando una pose de cazador, apoyando sus botas sobre la cabeza de un oso que habían encontrado muerto.

Después de vivir miles de aventuras y desventuras, volvieron a Washington no solo con una colección de mapas que describían con precisión los diferentes accidentes geográficos, traduciendo los humores del clima en el lenguaje de las isobaras, las isoyetas y las isotermas, sino también con un contingente de piedras, plantas, animales y fósiles que enriquecieron el tesoro smithsoniano.

32

Al igual que el Museo de Historia Natural de Washington, los otros museos norteamericanos comenzaron a sufragar expediciones. Cuando el teniente Wilson volvió de Green River, territorio de Utah, y llegó el momento de repartirse los trofeos, Zacharias Spears fue informado de que Mr. Russell, director del Museo Field de Chicago, también había costeado una parte de la excursión y que por ende era necesario compartir el botín. Con los especímenes, no hubo mayores problemas. El diferendo estalló con los restos de un pterodáctilo, cuyo esqueleto, el más completo encontrado hasta entonces, constaba de 293 piezas y fue bautizado con el nombre de Jonathan Charles.

Zacharias Spears reclamó estos huesos. El director del Museo Field, también. Mr. Spears, que había invertido 50 dólares se consideraba prioritario. Mr. Russell, que había pagado los honorarios del naturalista-viajero que había hallado aquel pajarraco prehistórico, también se consideraba prioritario. El director del Museo de Historia Natural de Washington ofreció unos 50 dólares suplementarios. Scott Russell otros 50. Spears llegó a proponer unos 100 dólares. Russell igualó la oferta.

El litigio fue llevado ante los tribunales. El juez decidió partir a Jonathan Charles en dos: el cuerpo para Washington y las alas para Chicago. Ninguna de las dos partes aceptó la sentencia, y presentaron un recurso de apelación. Lo más sensato hubiera sido abandonar este pleito y, con los gastos de abogado, adquirir otro dinosaurio. Pero ni Mr. Spears ni Mr. Russell dieron el brazo a torcer. Ya no se trataba de ampliar la colección, sino de impedir que el otro museo expusiera aquellos huesos que atizaban tanto deseo.

El Tribunal Supremo sentenció que el pterodáctilo era propiedad del territorio de Utah, donde los despojos habían sido exhumados, invitando a Salt Lake City a crear un museo que expusiera aquel pájaro-reptil que vino volando hasta nosotros desde la noche de los tiempos. Mr. Spears y Mr. Russell se quedaron sin fósil.

Tiempo más tarde, por caminos oscuros, gracias a una suma de dinero que permaneció secreta pero que podemos imaginar exorbitante, Jonathan Charles terminó en una vitrina del Museo de Historia Natural de San Diego, que acababa de abrir sus puertas y que había resuelto, para hacerse un nombre en el mundo de los museos, adquirir este tesoro del Cretácico. Era el primer museo fundado en la Costa Oeste.

33

A partir de este incidente, Zacharias Spears fue mucho más prudente con los financiamientos de expediciones. Se negó rotundamente a dar un solo centavo sin poner en claro las condiciones de crédito, adjudicación y reembolso fosilíferos. Esta precaución le ahorró a Mr. Spears los reveses que sufrieron sus colegas.

Sin ir más lejos, el Museo de Historia Natural de Nueva York desembolsó 75 dólares por un plesiosaurio de 60 vértebras, hallado en Aberdeen, Dakota del Sur. Este tatarabuelo de la ballena fue expuesto de inmediato en una sala aparte, hasta que un visitante perspicaz (según otras fuentes, un dinosauriólogo que trabajaba para un museo enemigo) denunció que aquel monstruo marino era un agregado de osamentas de plesiosaurio, serpiente y tortuga. Como yacían en un mismo nicho, muy bien barajados, estos huesos fueron considerados parte de un mismo esqueleto.

Peor fue el escándalo que salpicó a la Academia de Historia Natural de Filadelfia y ocasionó la cesantía de su director, quien tuvo la imprudencia de pagar unos 100 dólares por un *Smilodon*, supuestamente exhumado en el río Smoky Hill, Kansas, y que a decir verdad había sido fabricado en un taller de taxidermia de Elizabeth City, Carolina del Norte, limando y pintando huesos de gato montés.

34

Ante el incremento de las estafas, Mr. Spears multiplicó las precauciones y se negó a subvencionar la expedición del capitán Peck, la de Mr. Waldeck y sobre todo la del teniente Whitney. Nunca se perdonaría semejante error. Auspiciado por el Museo Peabody, Gregory Whitney exhumó en Antelope Junction, Nebraska, un esqueleto humano bastante antiguo y perfectamente conservado, acompañado por un cráneo de toxodonte.

Después de examinar detenidamente aquellos despojos, Mr. Marlowe, eminente dinosauriólogo de la Universidad de Rochester, declaró que aquel fósil correspondía a un ejemplar de *Homo sciurus,* hombre-ardilla de hábitos arborícolas, a juzgar por las falanges de los miembros inferiores y superiores. Contemporáneo de la fauna terciaria, como lo demostraba su convivencia con el toxodonte, no era totalmente exagerado atribuirle una edad de seis mil años, que le hacía ganar el título honorífico de fósil antropoide más antiguo de Norteamérica.

Este hallazgo convulsionó el mundo de la ciencia. Quedaba demostrada, una vez más, la existencia del hombre en América desde tiempos remotísimos. La escuela que lo consideraba un ser extraño a nuestro continente, fijando su origen en las llanuras aluviales que se extendían entre el Tigris y el Éufrates, sufría una estruendosa derrota. Ya no era posible aceptar como cuna del género humano una región donde nunca se habían encontrado vestigios de la antigüedad geológica del hombre.

35

Zacharias Spears intentó adquirir aquel espécimen de *Homo sciurus*, ofreciéndole a Jeremy Hall, director del Museo de Peabody, unos 200 dólares. Como su propuesta fue rechazada, aumentó la oferta. Pero no hubo caso. Antes de cederle aquella pieza, Mr. Hall hubiera preferido que le cercenaran los miembros con un hacha, poniendo particular saña contra sus genitales, y que arrojaran sus despojos al río Charles.

A Zacharias Spears lo asaltó una gran intranquilidad. Comenzó a tener dificultades para dormir. O si llegaba a conciliar el sueño, gracias a la ingesta de un somnífero, lo más probable era que se despertara en medio de la noche por culpa de una pesadilla y que pasara horas dando vueltas en la cama hasta el amanecer, con los párpados abiertos y los ojos inyectados de sangre, cogitando en criaturas extintas.

Un día, mientras deambulaba por la galería de los mamíferos, al pasar delante de la última vitrina, tuvo la impresión de que las mandíbulas homuncúlidas, orgullo de la colección, se movían. De pronto oyó, como se pueden oír los ladridos que escapan del hocico de un perro, que aquellos huesos le decían, con voz chillona:

–¡Cráneo de huevo podrido! ¡Llaga purulenta de la ciencia! ¡Trapo de piso de museo! Me gustaría morderte, pero no quiero que se me infecten las encías.

36

En lugar de tomarse una semana de descanso para disipar aquellos vapores, Zacharias Spears se obstinó aún más y se juró que no se detendría hasta dar con el hueso que le arrebataría la antigüedad a aquel ridículo esqueleto de hombre-ardilla.

Dispuesto a jugarse el todo por el todo, decidió financiar una expedición de exploración de la región de Moctezuma Canyon, en el sur de Colorado, donde según el profesor Madison, de la Universidad de Topeka, reconocida autoridad en materia de cefalometría, había grandes posibilidades de hallar yacimientos osíferos humanos de épocas remotas.

En aquel territorio se habían encontrado, disimuladas entre los desfiladeros, ruinas de pueblos que se habían desvanecido hacía siglos, de los que nada se sabía. Un año atrás, mientras se construía una extensión de las vías férreas entre Durango y Silverton, un obrero hizo saltar con un golpe de azada un hueso alargado que se fracturó en tres. Era un fémur humano, podrido por la humedad. No muy lejos, descubrieron 19 esqueletos completos, 12 cráneos, 35 vértebras y 205 metacarpos. No hubo tiempo de examinarlos porque el lote fue vendido al Museo Antropológico de Berlín.

37

Zacharias Spears le confió la expedición al mayor Bloom, un veterano de guerra condecorado con la Medalla del Honor por su intrepidez en la batalla de Vicksburg, que acababa de pasar a retiro y que estaba dispuesto a sacrificarse por el progreso de la ciencia y el origen del hombre americano.

Si había alguien que conocía perfectamente cada piedra de aquella región, ese era Benjamin Bloom. Durante su desempeño como comandante en Fort Lewis, había tenido la oportunidad de visitar, en las inmediaciones, enterratorios disimulados entre las quebradas. Sería un juego de niños, le aseguró, extraer vestigios humanos antediluvianos de aquellos parajes.

Antes de su partida, Zacharias Spears le dio un pliego con instrucciones encomendándole que prospectara la región de Moctezuma Canyon en busca de vestigios fósiles humanos, llevando un diario minucioso de las excavaciones y los hallazgos, la profundidad de las sepulturas y la posición de los esqueletos. El mayor Bloom se comprometía a mantener una estricta reserva sobre el desarrollo de la expedición. Estaba terminantemente prohibido reunir objetos para uso particular y mucho más para otros museos.

38

El mayor Bloom retornó a Washington cuatro meses más tarde. A pesar de haber excavado minuciosamente la zona de exploración asignada, no dio con un solo hueso. Infortunadamente una expedición financiada por el Museo del Hombre de Estocolmo se le había adelantado. Aquellos buscahuesos habían removido el terreno, extrayendo todas las riquezas osíferas disponibles.

Ante esta situación imprevista, decidió aventurarse hacia el noroeste, donde al cabo de unas semanas halló por casualidad en unas cavernas de Black Hawk Mountain unas urnas que contenían, envueltos en un fardo, en posición fetal, como si en el momento de morir hubieran adoptado la posición que los había traído al mundo, con la piel achicharrada y pegada a los huesos, los párpados cosidos y la boca abierta profiriendo un quejido que ya nadie podía oír, dos niños momificados.

Fue muy difícil transportar aquellos tesoros por valles, laderas y desfiladeros. A pesar de que Benjamin Bloom tuvo la precaución de envolverlos en frazadas mullidas sobre el lomo de una mula, con el traqueteo del traslado a uno de los niños se le desprendió una pierna.

El viaje en tren de Durango a Washington no resultó mucho mejor. Por más que los hubieran empacado en un cofre relleno con estopa, como era de usanza con las mercancías frágiles, cuando desembalaron aquellos trofeos en el castillo smithsoniano, advirtieron que al otro niño se le había partido el cuello.

39

No sin ansiedad, Zacharias Spears le encomendó a Mr. Heights, perito naturalista del museo, que tasara aquellos cuerpos embalsamados, determinando su antigüedad. Comparándolos con momias egipcias y chinas rematadas en Sotheby's, Aaron Heights calculó que el valor de dichos despojos ascendía a unos 5 dólares, a lo sumo 10, pero no más.

Si hubieran estado en mejor estado de conservación, tal vez podrían haber aspirado a 30.

Aaron Heights aclaró que no estaba totalmente seguro de si se podía hablar de momias, en el sentido estricto de la palabra, si por momia había que entender un cuerpo convenientemente eviscerado, deshidratado y vendado, que gozara como mínimo de una edad de cien años.

Por la tasa de deshilachamiento del fardo que los envolvía, era posible conjeturar que los cuerpos habían sido momificados hacía unos cincuenta años (o tal vez sesenta, o con un gran esfuerzo setenta y cinco, pero nunca más de cien). Dichos niños habían sido en vida contemporáneos de Guillermo IV y Adelaida de Sajonia-Meiningen, y en ningún caso de Amenofis III y su esposa la reina Tiye.

Aquellos restos se encontraban más cerca del cuerpo que acababa de exhalar su último suspiro, aún tibio, sin la más mínima experiencia de la muerte, que de las momias faraónicas, con milenios en la profesión. ¿Era lícito llamar momia a cadáveres tan juveniles? ¿Acaso no hacía falta que pasaran siglos para aspirar a este título nobiliario?

Aaron Heights dejaba a los especialistas el trabajo de responder a estas preguntas.

40

Benjamin Bloom se había comprometido por contrato a entregar al Museo de Historia Natural, una vez terminada la expedición, fósiles humanos de un valor equivalente o superior al dinero invertido. Si este no fuera el caso, una cláusula estipulaba que el expedicionario había de reembolsar la diferencia.

Zacharias Spears convocó a Bloom para instarlo a que

le devolviera, a la brevedad, el saldo que existía entre lo que había traído y lo que debería haber traído. Bloom protestó, arguyendo los peligros a los que se había expuesto. Había recorrido más de cincuenta millas, había escalado unos diez cañones, había pasado treinta y seis horas sin comer ni beber, lo había picado un alacrán.

Sin inmutarse, Mr. Spears replicó:

–Caballero, los contratos son los contratos. Tiene un plazo de noventa días, a partir de la fecha, para recaudar los fondos y devolvernos los 190 dólares que nos debe. De lo contrario, el caso pasará a manos de la justicia.

Bloom lo trató de rufián de la historia natural. Spears, de traficante de cadáveres menores de edad. Poniéndose bruscamente de pie, Bloom maldijo a Spears y a su madre y a su padre y al Dios que moraba en los Cielos y hasta en los Infiernos, pero no en aquel museo. Spears se tapó los oídos para no oír los juramentos que provenían de aquella boca cloacal. Alarmada por los gritos, Miss Sullivan abrió la puerta, antes de ser empujada por Bloom, que salió del despacho pegando un portazo.

41

Exasperado por aquel desengaño fosilífero, Zacharias Spears decidió hacer desaparecer de su vista aquellos niños momias y dispuso que fueran despachados con los especímenes que, por estar repetidos, en mal estado o por falta de afinidad con la colección permanente, habían sido condenados a existir, en el primer subsuelo del castillo, consignados en un arca, sin ventilación ni calefacción, asfixiados por el olor a naftalina, en la oscuridad y el silencio de la reserva.

Para supervisar el trabajo de los estibadores, Spears

descendió, en compañía de Miss Sullivan, hasta aquel museo subterráneo, doble invertido del museo visible y visitable, en que animales, plantas y piedras se codeaban ya no en virtud de las leyes de mutación de la materia, sino de un número de inventario que les fue asignado, al ingresar al catálogo, como la cifra tatuada en el brazo de un prisionero.

Después de saludar al guardia que custodiaba la entrada, Mr. Spears recorrió pasillos abarrotados de estanterías, intentando vencer la repugnancia que le provocaban las telarañas que se llevaba por delante y se le pegoteaban en la cara. Al llegar a la fila III, rango V, el cortejo se detuvo. En la estantería prevista, había unos cofres que los estibadores tuvieron que desplazar para hacerles lugar a las momias.

A Mr. Spears le llamaron la atención aquellos baúles que no llevaban etiquetado el correspondiente número de inventario. Intrigado por esta anomalía, quiso abrirlos, pero no pudo. Les pidió a los estibadores que hicieran saltar la cerradura. Cuando levantó la tapa, lo sorprendieron, en un desorden vertiginoso, cráneos humanos en diversos estados de conservación y destrucción, vértebras, fémures, arcos, flechas, lanzas, cabelleras escalpadas.

Fue como descubrir, en la bodega de un navío, pasajeros clandestinos, escondidos entre los bultos. Había que decidir qué hacer con aquellos polizones, si arrojarlos al mar o, en un gesto de generosidad, aceptar que siguieran viajando sin haber abonado el pasaje.

42

Zacharias Spears sacó la tabaquera y aspiró una pizca de rapé. Esto era demasiado. Ya no podía soportar más los golpes bajos de Todd Gibbs, el secretario del Departamento de Interior. Temiendo que el Museo de Historia Natural los repudiara, Mr. Gibbs se había sacado de encima aquellos trofeos ganados o confiscados durante las guerras contra los iroqueses, mohicanos, seminolas, creeks, comanches o vaya a saber qué otra tribu, haciéndolos pasar por un surtido de especímenes. Tendría que haberle dicho la verdad. De haberlo sabido, no habría alquilado un depósito en Georgetown por 5 dólares mensuales, para albergar varios lotes de crustáceos que no deseaba exponer y no encontraron lugar en la reserva, por culpa de aquellos intrusos. Hoy mismo le escribiría una carta para exigirle indemnización.

Mientras Zacharias Spears despotricaba contra el Departamento de Interior, una idea fue abriéndose paso en la mente de Miss Sullivan, al principio de manera tambaleante, aunque no por ello menos insistente, hasta volverse lo suficientemente nítida como para materializarse en una frase.

–¿No sería posible...? –balbuceó Miss Sullivan.

–¿Qué quiere decir? –gruñó Mr. Spears.

Miss Sullivan explicó, con un hilo de voz a punto de cortarse en cualquier momento por el terror, que pensándolo bien... no sería del todo desatinado... hacerse la pregunta... si... tal vez... en lugar de... por qué no... Estuvo a punto de decir *fósiles*. Afortunadamente se detuvo a tiempo.

Sabía perfectamente que si pronunciaba aquella palabra iba a electrizar los nervios de su jefe. Pero ya era demasiado tarde para retroceder. Las gotas de sudor que perlaron las sienes de Mr. Spears la obligaron a seguir avanzando por aquel terreno escabroso, a riesgo de resbalar y precipitarse en un abismo. Cualquier paso en falso pondría en serio peligro su supervivencia laboral. Respiró una bocanada de aire. De pronto, dijo, sin saber lo que estaba diciendo, con un tono en que no se reconocía:

–Mr. Spears, no podemos desaprovechar esta oportunidad. Hay que exhibir a los niños momias en el museo.

43

Ni bien hubo formulado aquella frase, el corazón comenzó a latirle a toda velocidad. La sangre le afluyó a la cabeza. A su cerebro le dio un hervor. Comenzaron a desfilar por su mente cientos de ideas que pujaban por salir, espumeantes, todas a la vez, a la superficie. Los labios, la lengua y las cuerdas vocales ejecutaron movimientos que no pudo controlar.

Como las lápidas, dijo Miss Sullivan, cada objeto del mundo lleva inscripto varias fechas. La fecha de nacimiento es una fecha de muerte y la fecha de muerte, una fecha de resurrección. Aquellas momias cincuentenarias, que en vida no habían alcanzado la pubertad, disimulaban con un arte sin par una edad de varios milenios. Eran objetos recientes y flamantes, pero a la vez antiguos y pretéritos, seguramente más antiguos que recientes y más pretéritos que flamantes.

–No entiendo lo que está diciendo –refunfuñó Mr. Spears.

Aquella forma de embalsamar, dijo Miss Sullivan sin dejarse desestabilizar, envolviendo al cadáver en un fardo y no en vendas de lino impregnadas de betún, apretujando el cuerpo en una urna y no recostándolo en un sarcófago de ébano, con una máscara que reproducía el rostro del difunto, pupilas de diamante y barba de oro, correspondía a los ritos funerarios practicados en los albores de la humanidad, cuando el hombre era una especie que acababa de soltarse de la mano de la ardilla.

Mr. Spears le echó una mirada de desconfianza. Mirándolo a los ojos, Miss Sullivan le retrucó que desde hacía años estaba abonada al *New England Journal of Mummy*. Y prosiguió más resuelta que nunca.

¿Por qué enterrar por segunda vez, en la reserva, aquellos despojos que traían noticias de los primeros tiempos? ¿Por qué no invitarlos a vivir una nueva vida, para resarcirlos de las molestias ocasionadas por el viaje? ¿Era lícito negarles, por un simple problema de edad, aquel gesto de hospitalidad? ¿Acaso una madre dejaría abandonados en un sótano a sus hijos? ¿Por qué lo haría un museo, que es la madre de todas las cosas que pueblan el mundo? ¿Aquellos niños no merecían un lugar en su útero de cristal?

Impresionado por las reflexiones de Miss Sullivan, Mr. Spears decidió proclamarla secretaria del mes. Unos días más tarde, su nombre apareció en el cuadro de honor del personal administrativo.

44

A Miss Sullivan le dio mucha alegría esta nominación que le otorgaba ciertos privilegios, como por ejemplo llegar una hora más tarde los lunes y retirarse una hora antes los viernes, o, prerrogativa mucho más importante, lucir en la solapa de su vestido una cinta color punzó que atraía la admiración o el odio de las otras secretarias.

De más está decir que dichos honores le otorgaron cierto ascendente sobre Mr. Spears, que terminó aceptando la idea de exponer a los niños momificados, durante un par de meses, no en el Museo de Historia Natural, pero sí en el hall central, donde actualmente yacía el meteorito chihuahuense, que podía ser trasladado al jardín.

Acuciado como estaba por otras obligaciones profesionales, Mr. Spears delegó en Miss Sullivan la organización de esta exposición temporaria, advirtiéndole que lamentablemente dicha actividad extracurricular no podía ser remunerada y que tendría que arreglárselas para conciliar los quehaceres del secretariado con las labores de la curaduría.

45

A pesar de la carga de trabajo extra que representaba, Miss Sullivan aceptó esta misión con un entusiasmo que hasta entonces nunca había conocido. No porque su trabajo de secretaria le disgustara. Muy por el contrario, le daba entera satisfacción. Pero desde que había comenzado a trabajar para el Museo de Historia Natural, la vocación por las ciencias que había incubado desde su infancia había encontrado por fin el medio adecuado para hacer eclosión.

Como le resultaba muy grato trabajar en equipo, Miss Sullivan invitó a sumarse a esta aventura a otras secretarias, con quienes había entablado amistad y que poseían confirmadas capacidades de organización, puntualidad y dinamismo, como era el caso de Mrs. Waugh, la jefa adjunta del Servicio de Estampillado; Mrs. Pitkins, taquillera de la Boletería con Descuento; y hasta Miss McDonough, recepcionista de la Mesa de Entradas, a pesar de sus rachas de mal humor.

Gracias a sus contactos con Mrs. Marshall, la portera del castillo, Miss Sullivan obtuvo la llave de una dependencia del Servicio de Lavandería que nadie utilizaba, a fin de depositar a sus dos niños momias en un lugar mucho más acogedor que un sótano, a la espera de ser expuestos en el hall central.

46

Antes había que devolverlos a la vida.

Ambas reliquias fúnebres estaban en un estado lastimoso. A los daños causados por los insectos y roedores con los cuales convivieron en la caverna de Black Hawk Mountain, había que agregar los estropicios ocasionados por el traslado. El *Manual de momias y ataúdes del Antiguo Egipto,* recientemente publicado por el Museo de Manchester, que consultaron en el centro de documentación, les fue de gran ayuda.

Ataviadas como comadronas, Miss Sullivan y sus asistentes dieron comienzo al trabajo de parto. Con sumo cuidado, extrajeron a aquellos despojos del fardo que los protegía, dejando al descubierto dos cuerpos con la piel achicharrada como un durazno seco y órganos genitales cuya identificación resultaba difícil.

Acomodándolos en una tabla de planchar, procedieron a una primera limpieza. Con hisopos, les restregaron los intersticios donde se habían acumulado costras de barro. Con cremas humectantes, les frotaron los brazos, que corrían el riesgo de pulverizarse por culpa de la deshidratación. Rellenaron las partes huecas con esponjas impregnadas con cera de abeja. Cosieron la pierna desprendida, reforzándola con un alambre. Con cola vinílica, pegaron el cuello quebrado. Les pintaron con esmalte blanco las piezas dentales, hasta obtener una sonrisa inmejorable. Los rociaron con repelente de insectos. Los peinaron. Los maquillaron con un polvo ocre para disimular las manchas del cráneo. Al término de esta operación, los dos niños momias estaban tan resplandecientes como cuando habían acabado de nacer.

47

Miss Sullivan reflexionó sobre la escenografía más adecuada. Les pidió a los carpinteros del museo que montaran en el centro del hall central una campana de vidrio, bajo la cual recostaron a sus momias neonatas. Como el fardo original estaba demasiado estropeado, decidió reemplazarlo por un sudario confeccionado con crepelina de seda transparente, que dejaba ver aquello que era difícil mirar.

En un panel que Miss Sullivan caligrafió con letras de imprenta, podía leerse: «Niños momias hallados en las Montañas Rocosas. Los párpados fueron cosidos con púas de puerco espín para evitar que los muertos espiaran a los vivos».

Una hilera de vitrinas fueron empotradas en la pared para exponer las urnas que los hospedaron y una selección de osamentas redimidas de la reserva. Los cráneos, a veces trepanados o deliberadamente comprimidos, cuando no carcomidos por el mal que no se podía nombrar, fueron ordenados en fila, según la forma achatada o alargada, como un coro de niños de la catedral de Saint Paul. Cuando les resultó posible, armaron los esqueletos completos, ligeramente inclinados, como saludando a sus admiradores. En la mayor parte de los casos, hubieron de contentarse con un puñado de falangetas sueltas, dispuestas de mayor a menor, unidas por alambres, aunque se tratara de manos diferentes.

Miss Sullivan decidió iluminar el hall central con muy poca luz, el mínimo imprescindible para que los visitantes pudieran caminar sin tropezar y romperse una pierna, sumergidos en la misma penumbra que había envuelto a las momias y las osamentas, desde el día de la sepultura hasta el de la exhumación. La idea era imprimir en la mente de los visitantes que contemplaran estas antiguallas una impresión de sobrecogimiento que resultara indeleble.

48

A pesar de que la exposición no tuvo demasiada prensa, la voz se corrió entre el público: en el hall central, en el lugar donde yacía un meteorito del desierto de Chihuahua, ahora había dos niños embalsamados, arrugados como ciruelas en conserva, que habían sido hijos naturales de Moctezuma. Después del derrumbe del imperio azteca, habían huido hacia el norte hasta llegar a las Montañas Rocosas, donde fallecieron, mientras dormían, picados por una serpiente de cascabel.

Al poco tiempo, la afluencia de visitantes ya había sobrepasado todas las cifras conocidas hasta entonces. Ningún dinosaurio había logrado congregar semejante multitud. Fue necesario instalar una valla protectora y apostar un guardia para evitar los embotellamientos y encauzar el flujo de visitantes, con un apetito momífero tan desenfrenado.

49

Carnicerías de mundos devastados, los museos exhiben, en lugar de carne colgada, recortada y nombrada con prolijidad, huesos y pellejos suspendidos en el espacio y en el tiempo.

50

Gracias a la exposición organizada por Miss Sullivan, fue posible celebrar un tratado de paz entre los museos. Mr. Russell, director del Museo Field de Chicago, tomó la iniciativa, proponiéndole a Mr. Spears, a cambio de las momias, el préstamo de un velociraptor. Zacharias Spears aceptó el canje. Los directores se dieron cuenta de que en lugar de codiciar objetos, era mejor trocarlos.

A este primer intercambio, sucedieron otros con los Museos de Historia Natural de Nueva York y el Museo de Ciencias de Houston. Las momias viajaron en tren, en primera clase, como soberanas, alojadas en un embalaje especial antivibración, custodiadas por dos policías que no se separaron un solo segundo para no tentar a los bandidos.

Al cabo de un tiempo, los niños momias se volvieron tan famosos como los hijos hemofílicos de la reina Victoria. A Washington, llegaron invitaciones de Ohio, Iowa o Wisconsin, donde todavía no había sido fundado ningún museo, sin otra posibilidad de distracción que la taberna o la gehena.

51

Para responder a tantos pedidos, a Miss Sullivan se le ocurrió crear un museo flotante que transportara aquella exposición fúnebre por alguna arteria fluvial.

En un estuche herméticamente cerrado, provisto de

flotadores especialmente diseñados, las momias navegaron, río arriba y río abajo, por el Mississippi o el Missouri, cortejadas por un séquito de cráneos, fémures y vértebras. Al atracar en Memphis, cambiaron para siempre la vida de sus habitantes, despertando vocaciones en muchos niños que fueron al museo un domingo de lluvia, después del servicio dominical, y que, al contemplar aquellas momias casi núbiles, se pusieron a soñar con ser exploradores y viajar hasta lejanas comarcas para volver con una calavera.

Cuando el Museo Flotante levaba anclas y desaparecía lanzando un penacho de humo, muchas pequeñas ciudades y grandes pueblos decidieron abrir su propio museo. No contaban con pterodáctilos o velociraptors, ni siquiera con una mandíbula homuncúlida. No tenía la menor importancia. Gracias a la generosidad de los patrocinadores locales, reunieron una primera colección con lo que había en la zona.

En un tiempo récord, fueron inaugurados, no sin orgullo, el Museo del Bisonte de Bismark, el Museo de las Grandes Praderas de Omaha o el Museo Meteorológico de Saint Louis, que invitaba a sus visitantes a contemplar, en vitrinas perfectamente impermeabilizadas, diferentes formas de lluvia, granizo o nieve, producidas por mecanismos de riego o refrigeración.

IV. Belleza y miseria

52

El éxito de los niños momias de las Montañas Rocosas fue más allá del círculo de los museos de historia natural.

Una mañana, mientras Zacharias Spears se encontraba en la cafetería del castillo bebiendo una limonada, se le acercó Annabeth Murphy Atwood, la directora de la Galería de Bellas Artes y Retratos Nacionales, para felicitarlo y manifestarle toda su admiración por la exposición.

A decir verdad, las momias y calaveras le habían resultado un poco lúgubres, tal vez demasiado para su gusto. Pero la alfarería era una maravilla. Durante un momento inolvidable, se había quedado contemplando casi en éxtasis las urnas funerarias que, por la complejidad de su diseño y la salud rebosante de la arcilla, no tenían nada que envidiarles a las ánforas celtas que había tenido la ocasión de observar en el Museo Nacional de Cardiff.

Aquellas bellezas primitivas la habían dejado tan convulsionada que no comprendía muy bien por qué motivo se había elegido para exponerlas una zona de tránsito. ¿Acaso no había otros espacios más adaptados que el hall central, que respetaran los requisitos mínimos de seguridad? Zacharias Spears pestañeó.

–¿Qué quiere decir?

La directora se explicó un poco mejor. Estaba dispuesta a brindarles las mismas condiciones de alojamiento en su Galería a aquellos tesoros que a los maestros antiguos de la colección. El arte no admite divisiones geográficas o históricas. ¿Por qué habría de aceptarlas un museo, que es la posada con pensión completa de la Idea? ¡El arte que no es arte también es arte! Cualquier cosa tiene derecho a tener su propio cuarto en la Galería con vista a la Explanada Nacional, dijo dejándose llevar por el entusiasmo.

Por cierto, se apresuró a añadir cuando advirtió el ceño cada vez más fruncido de Zacharias Spears, entre la alfarería primitiva y las obras maestras del arte universal había tanta diferencia como entre una oruga y una mariposa monarca. No obstante, estas manifestaciones artísticas de la infancia del hombre no dejaban de provocarle un terror deleitoso. Era su deber como directora hacer que aquellas urnas fueran adoptadas por la gran familia del arte.

Zacharias Spears abrió la caja de rapé y aspiró una pizca. Tras esta pausa, le respondió con voz gangosa que se negaba rotundamente a cederle una sola molécula que perteneciera a la colección de su museo de historia natural. Antes hubiera preferido que le arrancaran todas las uñas y los dientes con una pinza de disección n.° 4.

53

Con esta declaración, se abrió un nuevo frente en la lucha de los museos por la supervivencia.

La primera ofensiva que lanzó Annabeth Murphy Atwood fue descolgar de la sala XII el retrato de Zacharias

Spears, donado por Addison Scott, Jr., y deportarlo a una zona particularmente húmeda de la reserva, donde se fue ablandando como una rebanada de pan sumergida en una taza de té.

Tras ejecutar este ritual de venganza, Mrs. Murphy Atwood le dictó a Elenita Eakins, su secretaria, un informe donde desgranaba los problemas que aquejaban a la Galería de Bellas Artes y Retratos Nacionales, que le envió sin tardar a quien comenzó a llamar, a partir de aquel incidente, el Tirano de los Huesos.

El presupuesto inicialmente asignado no bastaba para cubrir todos los gastos de manutención, preservación y adquisición. Después de las últimas tormentas, habían aparecido goteras que amenazaban a muchas pinturas, entre las cuales, uno de los retratos de George Washington legados por Matthew Gray. La temperatura que reinaba en algunas salas, varios grados superior a la normal debido a conductos de chimenea mal aislados, había hecho envejecer a pasos acelerados muchas obras de arte. Los subsuelos estaban infestados de ratas con un apetito desmesurado por las golosinas pictóricas, a juzgar por los bordes roídos de los cuadros estacionados en la reserva. El desequilibrio que existía entre el presupuesto acordado a la historia natural y a las bellas artes era un escándalo. Le parecía inadmisible que las pinturas padecieran en el primer piso semejante maltrato, mientras que las medusas en formol gozaban en la planta baja de tantos privilegios.

Mr. Spears ni siquiera se tomó el trabajo de responderle.

54

Annabeth Murphy Atwood lanzó un ataque mucho más feroz. Con el auspicio de los Amigos de la Galería de Bellas Artes, organizó visitas guiadas de cuarenta minutos, para comentar ya no la belleza sino las miserias.

Deslizándose con su silueta alargada y enjuta, toda vestida de gris, sin una sola veta de color que desentonara, con el pelo constipado en una trenza que caracoleaba en la coronilla y, abrochada en las proximidades de un pezón, la medalla a los caídos en la batalla de Gettysburg que recibió por su hermano Wilbur, Annabeth comentaba, ante un grupo de visitantes, cuadros humillados por el tiempo y la humedad, el exceso de luz o temperatura.

–Miren ahí –ordenaba, señalando un fray Filippo Lippi colgado en la sala de arte italiano que contaba ya con cuatro siglos, edad más que venerable para una pintura–. Si prestan atención, advertirán que la capa pictórica ha comenzado a desprenderse, como la piel de una lagartija. Salvo que a los cuadros no les vuelve a crecer.

Los visitantes se acercaban y observaban detenidamente un óleo sobre tabla de roble que representaba a una Madonna en la habitación de un palacio, sorprendida por un Ángel que la saludaba inclinándose de rodillas. En su momento, había sido bellísimo. Pero ahora estaba todo resquebrajado y había perdido un ala y el aura. El dorado, como se sabe, es uno de los colores más vulnerables.

En lugar de la buena nueva, ese ángel descascarado anunciaba el Apocalipsis de la Pintura. La Madonna tampoco había escapado a la hecatombe. Su rostro también se había agrietado. Lo que de lejos parecía una ninfa, de cerca era una sexagenaria. El espectador que descubriera este detalle no podía dejar de escandalizarse de que el Altísimo, para ejecutar Sus designios, hubiera tenido que vaciarse en un cuerpo decrépito (o que el artista hubiera confundido Santa María con Santa Ana). El Verbo se hizo Carne.

–Y, con el tiempo –agregaba Annabeth–, la carne se vuelve pellejo y la pintura escama, sobre todo cuando la humedad del aire es excesiva.

Solo escapaba a la destrucción una escena que podía contemplarse, arriba, en el fondo, a la derecha, por una de las ventanas palaciegas que daba a un jardín, cuadro en el cuadro que mostraba a nuestros padres desnudos, cubriéndose con las manos las partes pudendas, delante del árbol del bien y del mal. Encaramada entre las ramas, asomaba la cabeza de una serpiente que, a juzgar por sus ojos malignamente rojos, parecía regocijarse de aquel destino de corrupción que acechaba, sin excepción, no solo a las criaturas sino también a las obras de arte, que también son a su manera seres vivientes.

55

Delgada, seca, inflexible, Annabeth seguía recorriendo una por una las salas de arte flamenco, francés, español, inglés o irlandés, denunciando condiciones de vida infrapictóricas que habían provocado inflamaciones de los bastidores, sarpullidos de los barnices, anemia de los colores, vándalos que habían dejado estampados en algunos cuadros nombres, fechas, corazones y hasta un beso.

A su paso, los vigilantes de sala salían del sopor en que se habían sumido, hundidos varias horas por día en un sillón y se ponían de pie para simular un breve paseo de inspección o reactivar la circulación sanguínea. De pronto,

Annabeth se detenía. Como un rebaño de ovejas, los visitantes también se detenían.

–Observen con atención, ahora, a la derecha..., no, perdón..., a la izquierda –decía, mostrándole a la comitiva *El pelícano,* también conocido como *La pluma flotante*, de Melchior d'Hondecoeter, artista especializado en la pintura ornitológica, con aquella asombrosa fecundidad pictórica que caracterizaba a las Provincias Unidas de los Países Bajos.

El cuadro representaba, en primer plano, a la izquierda, un pelícano que exhibía, sin el menor pudor, un doble mentón amarillo. Detrás de este pajarraco posaban con la misma vanagloria, en un fondo de tupida vegetación que no hacía más que resaltar el chillido de los plumajes, un ibis azul, un flamenco rosa y una grulla coronada cuellinegra. A la derecha, se extendía un estanque en cuyas orillas se agolpaban, entre los juncos, toda suerte de patos y gansos salvajes, desviviéndose por llamar la atención con sus verrugas rojizas, sus cuellos verdes, sus picos en forma de espátula de pastelería. En medio de esta composición, un tanto atiborrada por no decir indigesta, había un detalle que inyectaba a esta escena una pizca de misterio: una pluma suspendida en el aire, que se reflejaba en la superficie del estanque.

¿Qué quiso significar el artista? ¡Vaya a saber! Desde hacía siglos, los aficionados y críticos de arte cacareaban a fin de elucidar el enigma. Algunos veían un elemento destinado a producir la ilusión de realidad («Ahí donde hay pájaros, hay plumas»). Otros, una escena sugerida, pero no representada, de depredación («Una paloma que terminó en el pico de un buitre o un milano»). Otros, un guiño del artista a otros artistas de la escuela conocida con el nombre de barroco plumífero («La pluma desplegada hasta el infinito»). Por más ingeniosas que fueran las respuestas, nadie podía considerarse poseedor de la verdad.

–Pero no perdamos de vista lo esencial –decía Annabeth, al advertir que varios miembros del grupo ya no la escuchaban.

Por culpa de una exposición directa a la luz del sol que entraba por los ventanales y claraboyas, los pigmentos habían ido aclarándose, alejándose de la gama que D'Hondecoeter había elegido con tanto esmero para retratar aquellas aves. El lado izquierdo del cuadro había resultado particularmente agredido por aquella luminiscencia. Los follajes del fondo ya languidecían en un amarillo más bien aceitoso. El ibis, el flamenco y la grulla coronada cuellinegra estaban empalideciendo como gallinas.

Esto no era lo más terrible.

Este cambio cromático había producido un aumento de la temperatura. En unos pocos años, por falta de precipitaciones, el estanque perdería la mitad de su caudal. Los juncos crecerían quebradizos, a varios metros de la orilla, ante el estupor de los patos y gansos. Víctima de la deshidratación, el pelícano caería desmayado y se fracturaría el pico. Aquella pluma flotante que durante siglos había sido signo de realidad, violencia o confraternidad, ahora anunciaba la amenaza que pesaba sobre aquellas aves, sofocándose en un cuadro como en un horno: la desplumificación de las especies.

56

En la Galería Nacional de Retratos Nacionales les esperaba lo peor.

–Vengan por aquí y deténganse delante del tercer retrato de Martha Dandridge Custis, más conocida como Martha Washington –decía Annabeth. Cuando tenía al rebaño en torno a esta célebre pintura de Mr. Parker, lanzaba su diatriba.

A los veinte años, con un pincel de audaz soltura, Mr. Parker había retratado a Mrs. Washington, sentada, de medio perfil, con un vestido blanco de mangas verdes y una estola negra sobre los hombros, sosteniendo entre las manos delicadamente, como si fuera el objeto más frágil del mundo, una ardilla roja. Con el pelo blanco recogido en una cofia atiborrada de moños y volados, los labios apretados hasta el punto de desaparecer, Martha Washington miraba hacia el espectador con ojos abiertos y cejas arqueadas, expresando un sentimiento, si no de dolor, al menos de inquietud. No era para menos.

Quien examinara con atención los brazos, no podía dejar de advertir que lo que a primera vista parecían mangas eran en realidad manchas que se extendían desde el codo hasta las manos y que ya atacaban la cola de la ardilla.

Mr. Parker, que nunca había tenido la oportunidad de viajar para formarse en Inglaterra o Italia, en una época en que el arte norteamericano estaba en pañales, se había abocado a la pintura con más entusiasmo que técnica, utilizando pigmentos altamente corruptibles. Aprovechando esta inexperiencia, un hongo se había ensañado con el retrato, recubriendo los brazos de la primera dama con unos guantes de moho.

De no poner freno a esta gangrena, en pocos años y a pesar de su flagrante juventud, esta obra no sería más que una mancha verduzca que en lugar de exponer habría que incinerar, para evitar la contaminación del resto de la colección. Un principio de lepra cromática ya podía apreciarse en los cuadros vecinos, en particular en el retrato de Catherine Brass Yates, que a pesar de todo seguía concentrada en un bordado que ya había sido tomado por el verdín, sin que le temblara el pulso. ¿Qué esperaban las autoridades para reaccionar? ¿Una catástrofe? Entonces el daño sería irreversible.

57

La visita guiada terminaba con una inspección de los baños. Tras abrir una puerta desvencijada, mientras se cubría la nariz con un pañuelo para no aspirar directamente los hedores, Annabeth invitaba a los visitantes a asomar la cabeza y escrutar la hilera de lavatorios, rodeados de charcos de agua, y más allá, los urinarios de porcelana, donde se acumulaban todo tipo de desperdicios, sin importarle en lo más mínimo que varios hombres estuvieran orinando o toqueteándose.

–Sépanlo –sentenciaba Annabeth, al cerrar la puerta, limpiándose con el pañuelo la mano que había estado en contacto con el picaporte–, para conocer la verdad de un museo lo mejor es comenzar visitando los baños de caballeros.

58

En su residencia de Pennsylvania Avenue, Annabeth comenzó a organizar cócteles, invitando a coleccionistas, galeristas, restauradores, historiadores del arte, esposas de senadores, hijas de magnates del acero, viudas de tenientes generales volcadas en la filantropía.

Estas meriendas crepusculares solían tener lugar en el salón de la planta baja. Si las condiciones meteorológicas eran propicias, Annabeth le ordenaba a Mrs. Holmes, el ama de llaves, que tuviera la amabilidad de instalar una mesa en el jardín, bajo una glorieta cubierta por una enredadera con un perfume acaramelado que, como era de esperar, atraía a toda suerte de insectos, entre ellos algunos muy molestos y hasta amenazadores, como los abejorros, que se ponían a zumbar en torno a los invitados, acosando sus conversaciones.

Dominando perfectamente el arte de gobernar un hogar, Mrs. Holmes se apostaba en un recodo, desde donde vigilaba con la mirada y, si resultaba necesario, un ataque simulado de tos el tránsito de criadas que iban y venían con bandejas, proponiendo una taza de té de hebras rojizas, cultivado en las tierras de Virginia, servido frío, coronado triunfalmente con una rodaja de limón. Mucho más sutil que el té verde de Kioto, el té blanco de Escocia o el té negro del monte Anjaneri (Protectorado de India), aquel té norteamericano era, sin ninguna duda, el más acertado para aquella hora vespertina.

59

Luciendo un vestido blanco de encaje, con la cabellera pelirroja suelta, derramando sus bucles sobre la espalda como una hiedra, con los ojos más verdes que nunca, Eleanor Sullivan también pasaba con una bandeja entre los invitados, ofreciéndoles unas *cookies* con pepitas de chocolate que ella misma había horneado, después del trabajo, para la recepción de su prima. Annabeth y Eleanor no eran exactamente primas. Pero esto no tenía la menor importancia. Se habían conocido en una escalera del castillo smithsoniano, mientras una subía y la otra bajaba. Fue una amistad a primera vista.

Annabeth fue, para Eleanor, la madre que ya no tenía y la hermana que nunca había tenido, pero fundamentalmente una amiga con quien podía compartir, sin límites, confidencias, dudas y hasta reflexiones sobre el ataque xilófago de la momia de Ramsés II, conservada en el Museo Pitt Rivers.

Eleanor fue, para Annabeth, el lenitivo que la ayudó a sobrellevar el desamor que le despertaba Mr. Atwood, un leguleyo oriundo del estado de Alabama, dueño de una gran fortuna y de una de las mentes más estrechas de toda Norteamérica, con quien había cometido el error de contraer nupcias bajo la presión de su familia.

Cuando Mr. Atwood fue guadañado, destaparon una botella de agua mineral sin gas y decidieron vivir bajo un mismo techo, compartiendo dolores y alegrías, la pasión por el arte y las ciencias. Annabeth y Eleanor eran mucho más felices de lo que se merecían, pero es fácil que esto ocurra cuando se es feliz.

Para designar esta amistad que las unía y que ninguna palabra era capaz de nombrar con exactitud, no les quedó más remedio que recurrir a este grado de parentesco, que no era estrictamente real, aunque tampoco completamente falso. Todos los hombres son, de algún modo, primos lejanos o cercanos.

60

Los cócteles sin alcohol de Pennsylvania Avenue muy pronto se transformaron en uno de los eventos más envidiados de toda la capital. El secreto de este éxito no se debía solamente al té, ni siquiera a las *cookies* de Eleanor, cuya receta era celosamente guardada, sino a las conferencias que tenían lugar, después de que las criadas hubieran servido una copa de naranjada, sin colorantes ni aditivos.

En lugar de organizar festivales de poesía en su jardín techado, como Mrs. Curtis, o conciertos para piano, como Mrs. Howard, o debates sobre las verdades y falsedades del magnetismo animal, como Mrs. Stephen White, Annabeth prefirió animar sus reuniones con un ciclo de charlas sobre las maneras de combatir la destrucción de la belleza.

Cuando sonaban las siete, hora posmeridiana, el invitado o la invitada de aquella noche subía a una tarima improvisada en el salón y conferenciaba durante cuarenta y cinco minutos, de pie, sobre temas dignos de ser difundidos en materia de restauración de obras de arte, acompañando las palabras con toda suerte de gestos, intercalando de tanto en tanto un chiste o, según los temperamentos, bebiendo un sorbo de agua para disimular el nerviosismo.

Todo el mundo escuchaba absorto aquellas charlas que trataban de la descamación de la *Venus dormida* de Tiziano, el aligeramiento de los barnices de clara de huevo en la *Judith con la cabeza de Holofernes* de Andrea Mantegna o la resurrección de la alegría cromática de *La bebedora de cerveza* de Johannes Vermeer.

Despanzurrada en su canasto, Tangerine dormitaba o ronroneaba, según el interés que le suscitara el tema abordado. De pronto, los aplausos o las risas la arrancaban del sopor y, después de desperezarse, daba un paseo parsimonioso entre el público. Por más que la regañaran, se afilaba las uñas contra las patas de las sillas o los tobillos de los invitados, quienes conociendo el afecto que Annabeth y Eleanor tenían por su protegida, intentaban esbozar, pese al dolor que se les infligía, una sonrisa.

61

Al final del cóctel, cuando la mayoría de los invitados se habían retirado, Annabeth aparecía con un manojo de llaves y, subiendo los dos pisos de su residencia, conducía a tres elegidas (¡todas querían serlo!) a visitar su colección privada de pintura albergada en el altillo, en una recámara especialmente diseñada para asegurar la conservación óptima de las obras de arte.

Las visitadoras se abrigaban como para una expedición al Polo Norte, antes de ingresar en aquel museo frigorífico, provisto de aparatos que registraban la temperatura, la humedad, la presión y la cantidad de hongos en el aire, dando la señal de alarma cuando algunos de estos parámetros franqueaba la línea roja. Mientras Annabeth corría las cortinas que impedían el contacto directo de las obras con la luz, las elegidas admiraban pinturas que, a pesar de los años transcurridos, parecían recién salidas del pincel del artista. Muchos de estos cuadros habían sido donados a la Galería de Bellas Artes, pero, dadas las condiciones calamitosas de exposición, Annabeth se vio obligada a repatriarlos antes que los estragos fueran irreversibles. De haber sido posible, habría mudado todas las pinturas del mundo a este museo.

¡Qué maravilla aquella naturaleza muerta con un conejo desollado de Chardin! El rojo de las entrañas estaba tan logrado que daba la impresión de que en cualquier momento el cuadro comenzaría a exudar sangre. Daban ganas de tocarlo, para percatarse de que se trataba de pigmentos secos y no de un humor a medio coagular.

62

Los diferentes movimientos de alarma y horror que suscitaron estas maniobras no tardaron en dar sus frutos.

Indignada por las penurias que socavaban el patrimonio artístico norteamericano, Mrs. Wheeler donó unos 75 dólares. Para no ser menos, Mrs. Pell-Clark dio otros 110. Y Mrs. Charles F. Joy, unos 125. Al cabo de un mes, la Sociedad de Amigos de la Galería de Bellas Artes había atesorado una suma de 575 dólares.

Los rumores llegaron incluso hasta la Costa Oeste. El Museo de Bellas Artes de San Diego, que acababa de ser inaugurado, le propuso hospedar en condiciones óptimas los cuadros más dañados de la colección. Como Annabeth se negó, le ofrecieron el puesto de directora, proponiéndole un salario astronómico. A pesar de la tentación, Annabeth rechazó la oferta. Los museos del Oeste, improvisados en pocos años, no le inspiraban la más mínima confianza.

63

Con aquellos fondos, Annabeth no solamente refaccionó la Galería de Bellas Artes, sino que también creó el Hospital de la Pintura, un anexo destinado a salvaguardar y restaurar, prevenir y curar cuanta obra de arte padeciera achaques debidos a la edad o a las malas condiciones de vida.

Entre los primeros pacientes figuraron las obras más

desmejoradas de la colección washingtoniana. Pero una vez que esas pinturas fueron restauradas, el Hospital de la Pintura extendió su cobertura a otros convalecientes del Museo de Bellas Artes de Boston, el Museo Metropolitano de Nueva York o la Fundación Selenia Sherringham de Cincinnati.

Lejos de limitarse a recibir, Annabeth decidió ir a buscar obras de arte estropeadas. Tras un fluido intercambio epistolar con anticuarios, coleccionistas y hasta párrocos de la tiñosa Europa, programó una travesía trasatlántica en busca de antiguos maestros, retablos y esculturas en peligro de muerte.

Aprovecharía esta oportunidad para recorrer en compañía de Eleanor las mismas ciudades que había conocido en su primer viaje trasatlántico, cuando tenía quince años, junto a Wilbur, su querido hermano, que el-Altísimo-lo-tenga-bien-cobijado.

A Eleanor, que nunca había salido de Norteamérica, esta idea la entusiasmó y solicitó a Mr. Spears una licencia de dos meses sin goce de sueldo, que le fue concedida. Gracias al éxito de su museo fluvial, había ganado muchas prerrogativas, entre las cuales figuraban cierta flexibilidad en materia de asuetos.

64

Podrían haber dejado a Tangerine en manos de Mrs. Holmes, quien se hubiera ocupado como lo habrían hecho sus propias madres. Pero, siendo mascota única, este animal necesitaba una vida social mucho más nutrida. La soledad nunca es buena, ni siquiera para una especie tan solitaria como los gatos.

Un día antes de la partida, Eleanor Sullivan condujo a Tangerine en una canasta hasta el Kitty's Palace, un pensionado que les ofrecía a las pupilas, por 5 dólares semanales, una habitación con baño privado, dos comidas diarias con atún fresco, una sesión semanal de cepillado, sin olvidar el acceso ilimitado a la sala de juegos para felinos.

A pesar de estas condiciones óptimas de alojamiento, cuando Eleanor se despidió, Tangerine dejó escapar un maullido alargado que desplegó toda una gama de agudos hasta entonces nunca oídos antes de colapsar en lo que podría llamarse, si esto existiera en la especie, un sollozo. No se sabía a ciencia cierta si era un maullido de tristeza o de rencor. Era como si le dijera: «¡Hora funesta! Esperaré noticias tuyas durante todo el día. ¡Cada minuto será un siglo! Contando el tiempo así, cuando vuelva a verte seré un espectro.»

Con el corazón desgarrado por esta declaración, Eleanor se embarcó al día siguiente, junto a Annabeth, en el *Sally Jane*, un vapor de bandera norteamericana que zarpó de Baltimore.

65

El viaje resultó bastante penoso por la amenaza constante de témpanos que se les interponían en el camino y que el timonel esquivaba con destreza, cambiando abruptamente de rumbo, sin que le importara que los pasajeros perdieran el equilibrio y que aquellos que estaban en estribor terminaran estrellándose contra los de babor.

De la comida, lo único que podía decirse era que carecía de todo atractivo de gusto, forma o color. La bebida se reducía a una cerveza tibia como orina. El té no estaba incluido en la tarifa y elevaba la suma de los extras a proporciones colosales, imponiéndoles a los pasajeros la enojosa tarea de calcular sus gastos, en un momento en que toda la sensibilidad parecía concentrada en el estómago.

La alegría que las invadió al atisbar el puerto de Dover no tardó en disiparse cuando advirtieron que el mareo, el más despiadado enemigo del viajero por agua, también las perseguía por tierra, al menos hasta que llegaron a Londres, donde se alojaron en un hotel de South Kensington, situado en una calle de barro, con baño compartido. A Annabeth estas condiciones le parecieron inaceptables. Pero a Eleanor no le importó: al menos por una noche pudo descansar en una cama que no se movía.

66

Sin tiempo que perder, enviaron las cartas de presentación que habían obtenido. Mientras aguardaban las respuestas, visitaron el Museo de Medicina y las tiendas de antigüedades de Bloomsbury. Una semana más tarde, fueron formalmente invitadas por el duque y la duquesa de Richmond, el conde de Falmouth, el archidiácono de Londres y su amigo el obispo de Norwich, Lord Robert, Lady Fox, y hasta el escurridizo Sir Augustus d'Este.

El sacrificio de una vida social en la que sobreabundaban las conversaciones desabridas fue recompensado. Al cabo de interminables transacciones, Annabeth logró convencer al duque de Richmond de que le vendiera, a un precio razonable, el Hogarth asmático de su residencia de Belgrave Square, donde reinaba una atmósfera saturada de hollín.

Este éxito lenificó el fracaso de las negociaciones entabladas con Lady Fox por la adquisición de un Holbein cadavérico, recluido en su casa de campo de Sussex. A último momento, a pesar de una oferta más que tentadora, la dama se echó atrás y confesó que, aunque estaba muy necesitada de dinero, no lograba desprenderse de aquel recuerdo que había heredado de Lady Peel.

Por más que le ofreciera en su lugar un resplandeciente Reynolds, Annabeth declinó la propuesta. Le parecía indecente gastar un solo penique en la adquisición de una pintura que gozara de plena salud, mientras que el mundo estaba poblado por tantos cuadros víctimas de fiebres palúdicas.

67

De Londres se dirigieron a Brighton, donde se alojaron en un hotel con vistas al mar, perpetuamente azotado por el viento, en cuyo comedor la música de una orquesta que ejecutaba sin interrupción la misma balada luchaba perpetuamente contra el rumor de las conversaciones, el griterío de los cubiertos y el estrépito de botellas descorchadas.

En Brighton se embarcaron en un paquebote que las llevó hasta Calais. Recorrieron Normandía y descubrieron, no sin horror, catedrales góticas con vitrales que habían empalidecido hasta perder todo recuerdo de las historias multicolores que antaño habían referido; sepulcros con reinas recostadas en compañía de un perro al que se le había desprendido el hocico; dragones, grifos y basiliscos apestados de verdín; bóvedas cuyas ojivas fisuradas hacían temer en cualquier momento un derrumbe, transformando todo sentimiento de verticalidad en drama.

Llegaron a París, pero tuvieron que partir al día siguiente, cuando se enteraron de que acababa de estallar una revuelta callejera, lamentando abandonar, atrincherados en algún *hôtel particulier,* tantos Boucher, Poussin y Fragonard, (¡y seguramente algún Chardin!), que serían lacerados, pillados o quemados.

A Eleanor, la Galería Cuvier del Museo de Anatomía Comparada y Paleontología, la dejó muy impresionada, sobre todo el esqueleto del rinoceronte que había pertenecido a Luis XV.

68

En Venecia, Annabeth salvó tres Veroneses y un Tintoretto, reblandecidos por los vapores mefíticos del Gran Canal. Por más precauciones que tomaron, no pudieron evitar ser víctimas de una intoxicación alimentaria que las obligó a guardar cama durante varios días. Este contratiempo les hizo cambiar el itinerario. Cuando se restablecieron, en lugar de dirigirse al Gran Ducado de Toscana, fueron directamente a Roma.

En los Estados Pontificios, Annabeth hizo excelentes negocios comprando esculturas de una gran antigüedad que habían padecido todo tipo de mutilaciones, con la esperanza de poder devolverles, en breve, brazos y piernas. Si hubiera podido tomar por asalto la Biblioteca Vaticana, habría saqueado el armario que atesoraba los falos, narices y senos amputados a las estatuas paganas. Pero nunca obtuvieron la autorización para visitar aquel recinto. Solo les fue permitido el acceso a la sala de consultas, donde Eleanor pudo leer y tomar notas de la excelente monografía de Sir John Gardner Wilkinson sobre las técnicas de momificación de los egipcios. Se estremeció al leer que durante el período arcaico los funerales de las púberes duraban varias semanas para evitar que los embalsamadores abusaran de la beldad extinta.

En el Reino de las Dos Sicilias, se alojaron en palacios muy venidos a menos. Mientras, Eleanor visitaba las catacumbas de San Genaro, Annabeth arrancaba de su cautiverio obras que nunca habían sido restauradas y cuya pátina se había ido oscureciendo en sucesivas costras de mugre, tan gruesas como la piel de un paquidermo. Intentaba imaginar los detalles que emergerían a la luz, tras un buen cepillado, de un óleo sobre lienzo de Caracciolo conocido con el título de *San Sebastián,* tres veces masacrado. Primero, por las milicias del emperador Diocleciano. Luego, por el aire napolitano, excesivamente salino. Por último, por un restaurador franciscano que, escandalizado por el comportamiento de aquella canalla soldadesca, borró varias saetas para ahorrarle a Sebastián el suplicio.

–¿Pero qué queda de la representación de un mártir cuando se le suprime el dolor? –se preguntaba Annabeth, sintiéndose orgullosa de haber salvado aquella pintura borroneada.

69

El viaje terminó en Nápoles.

Cuando estaban embarcándose en el *Cassandra,* buque de bandera británica que las llevaría de vuelta a Norteamérica, se produjo un infortunado incidente. Al revisar el equipaje de las viajeras, los inspectores de aduanas encontraron antigüedades y obras de arte cuya salida estaba estrictamente prohibida. Annabeth Murphy Atwood intentó explicar en su balbuceante italiano que ignoraba la reglamentación en vigor. Los carabineros las condujeron a la cárcel para mujeres, situada en el convento de Gesù Buon Pastore, donde fueron encerradas en una mazmorra, en compañía de meretrices.

El consulado exigió al Reino de las Dos Sicilias la liberación inmediata de aquellas dos ciudadanas norteamericanas. *Due rapinatrici!*, corrigieron las autoridades. Tal como la ley lo estipulaba, serían condenadas a cinco años de cárcel.

El consulado logró que la pena fuera trasmutada en multa. Tras pagar de mala gana la fianza, que ascendía a unas 50.000 piastras, Mrs. Murphy Atwood y Miss Sullivan se embarcaron en el *Ludovica Teresa,* un navío de bandera sarda, negándose a hacer declaraciones a la prensa local.

70

La vuelta fue mucho más agradable que la ida. No solamente porque el mar estuvo mucho más calmo, sino también por el servicio gastronómico, que era excelente. Por primera vez, después de la intoxicación veneciana, lograron probar alimentos que no fueran arroz o verdura hervida. Gracias al talento del chef, paladearon liebre escabechada, cabra a la salsa verde, faisanes, mazapanes, pasteles de piñones, higos con nueces y hasta vino moscatel.

Una de las experiencias más gratas que tuvo Eleanor durante aquel viaje fue el descubrimiento que hizo, por accidente, en una sobremesa, junto al café, del *limoncello.* Desde el primer sorbo, quedó seducida por el sabor de aquel licor, que combinaba con destreza farmacéutica lo dulce con lo agrio. Era la primera vez en su vida que se animaba a beber alcohol. Aunque seguramente no la última.

71

El mismo día de su llegada, Eleanor se dirigió al Kitty's Palace.

Cuando le trajeron a Tangerine en una jaula, le costó reconocerla, a tal punto que pensó que en el pensionado se habían confundido de felino. Condenada a vivir en un lugar que desconocía, en compañía de otros gatos que le comían el pescado y le bebían la leche, agrediéndola constantemente sin motivo, Tangerine había sufrido un derrumbe nervioso.

Ya no era la Tangerine jovial, de pelaje anaranjado y voluptuoso que había dejado un par de meses atrás, sino una Tangerine flaca, casi anoréxica, toda canosa, prematuramente envejecida y sobre todo mustia o, para ser más exacto, disfónica. Su maullido había perdido varios decibeles. Decidieron nunca más volver a separarse.

72

Como las desgracias nunca vienen solas, Eleanor se encontró con un telegrama enviado por Spears que le anunciaba la extinción de su contrato de trabajo por ausencias reiteradas sin preaviso. En una carta documento, Eleanor le explicó las razones que la obligaron a prolongar su viaje trasatlántico, adjuntando un certificado emitido por el consulado norteamericano en el Reino de las Dos Sicilias. No obtuvo respuesta.

Sintiéndose amenazado por la exposición temporaria de Eleanor, aquel corazón helado y espíritu calculador había resuelto sacarse de encima a una subalterna que comenzaba a transformarse en rival, utilizando el primer pretexto que se le presentó.

El Tirano de los Huesos no se detuvo ahí. Sin tener en cuenta los compromisos contraídos con otros museos, cedió sus niños momias al Museo de Historia Natural de San Diego, a cambio de Jonathan Charles, el pterodáctilo, que, al llegar a Washington, fue recibido con los honores de un sátrapa, antes de ser suspendido del techo del hall central.

73

El Museo Flotante se fue a pique.

74

Gracias a los tejemanejes de Annabeth, Eleanor fue reincorporada al museo como coordinadora adjunta del guardarropa, función que aceptó con la misma pasión de siempre.

A diferencia de las otras empleadas que se contentaban con acomodar los abrigos en la primera percha disponible, dando de mala gana un número, Eleanor inventó un nuevo arte de colgar las prendas que le eran confiadas por los visitantes. En lugar de recurrir a escalas ascendentes o descendentes, yendo de la indumentaria masculina a la femenina, del terciopelo a la seda y de la seda a la lana, del negro al blanco, pasando por el rojo y el azul, Eleanor prefería crear según los días series discontinuas e imprevistas, intercalando entre un tapado de zorro y un tapado de piel de conejo bastante roído por el uso, un paraguas.

–El secreto de la creación está en la interrupción –afirmaba.

En una taquilla, fue acogiendo los objetos olvidados, cuando al cabo de un tiempo nadie los reclamaba. En aquella época tan difícil, fue un consuelo poder hacer algo por tantos sombreros, guantes, sombrillas, bastones y bufandas que se habían quedado sin dueño, arrancándolos de una muerte segura en el incinerador.

75

La salud de Tangerine se degradó brutalmente.

En realidad, nunca se había recuperado de la experiencia traumática del Kitty's Palace. Cuando todo el mundo pensaba que el incidente había quedado atrás, comenzaron a darle convulsiones. Por más que consultaron a varios especialistas en enfermedades nerviosas felinas, nunca lograron diagnosticar con exactitud el origen del mal.

Annabeth aseguraba que Tangerine no tenía nada. Veía en aquellos espasmos un capricho felino, destinado a acaparar la atención de sus madres. Eleanor, que se resistía a creer que Tangerine fuera capaz de semejantes maniobras, temía lo peor. A decir verdad, nunca se había perdonado haberla abandonado durante el viaje trasatlántico.

Después de cada crisis, Eleanor duplicaba sus atenciones. Siguiendo las recomendaciones del Dr. Garret, el veterinario de cabecera de Tangerine, vertía todas las mañanas, en el plato de leche, tres gotas de láudano. Ni bien lengüeteaba esta bebida, Tangerine se desplomaba en su almohadón y permanecía echada sobre un costado, sumida en un sueño no exento de pesadillas, a juzgar por el temblor que de tanto en tanto le sacudía los bigotes. Los gatos son, en el reino animal, la especie que más sueña. Aunque tal vez se tratara de un simple tic.

76

Como era de temer, una mañana, Tangerine amaneció tiesa. Mandaron buscar al Dr. Garret para que viniera a reanimarla. Pero ya era demasiado tarde. Por la noche, había pasado a mejor vida.

El único consuelo que le quedaba a Eleanor para superar aquella tragedia era ahorrarle a Tangerine el destino de corrupción que acechaba, sin excepción, a todas las especies, y sobre todo evitar el espectáculo de ver desaparecer bajo tierra aquel cuerpo tiernamente amado.

Le encomendaron a Mr. Barnett, un taxidermista de la Seventh Street, que aplicara todo su arte y ciencia a la momificación de su mascota. Después de trazar una incisión que iba del esternón hasta el orificio defecatorio, a fin de poder deshuesar, descarnar y desollar al felino, Mr. Barnett y su asistente untaron el pellejo de Tangerine con una pomada de tetraborato de sodio, insertaron un alambre en las patas y la cola, embutieron el interior con algodón, cosieron la piel con hilo de seda y le pegaron unos ojos de vidrio amarillo.

Al final, el resultado era tan impresionante que decidieron depositarla en un rincón del Museo Frigorífico. Tangerine no era un mero animal embalsamado, sino una verdadera obra de arte.

V. Tribus menguantes

77

El canje de los niños momias generó al Museo de Historia Natural más pérdidas que ganancias y más dolores de cabeza que pérdidas financieras. Solamente a una personalidad como Zacharias Spears, mesmerizado como estaba por los juguetes antediluvianos, podía ocurrírsele trocar un pterodáctilo por dos momias que estaban haciendo una carrera fluvial tan exitosa. De un tiempo a esta parte, la cotización de los dinosaurios había caído hasta alcanzar su nivel más bajo, haciendo estallar la burbuja fosilífera.

La crisis tuvo consecuencias nefastas para muchos museos del Midwest, que se habían endeudado más allá de sus posibilidades en la adquisición de un iguanodonte que había perdido la mitad de su valor y que, para colmo de males, muy pocos visitantes venían a ver, cautivados como estaban por el Museo del Viento, que acababa de ser inaugurado en Waterloo, Iowa.

Ante la imposibilidad de pagar las deudas, se vieron obligados a declararse en bancarrota. Los fondos fueron subastados por precios ridículos a museos necrófagos. Después de clausurar puertas y ventanas con listones, se transformaron en museos fantasmas, habitados por los especímenes que nadie quiso adquirir y que fueron condenados a dormitar en vitrinas con cristales rotos, cubiertos por un sudario de telarañas, hasta ser desalojados por una familia de zorrinos.

78

Se desencadenó una verdadera fiebre de las reliquias fúnebres. Llegaron al Oeste escuadrones de juntahuesos de todas las nacionalidades, equipados con picos, palas y cartuchos de explosivos, que se pusieron a remover ruinas, excavar túmulos y cementerios, en busca de esqueletos y antigüedades americanas.

Como el valor de cambio de las mercancías, sea cual fuere su valor de uso, está determinado por su escasez, el precio de los cuerpos embalsamados se disparó. Una momia anasazi, hallada accidentalmente por unos niños en una caverna de Pueblo Bonito, Nuevo México, llegó a ser vendida por sus padres al Museo de Arqueología de Leipzig por unos 350 dólares.

El alza de precios también afectó por contagio a los artefactos nativos, más allá de la edad, el color o la función. Una chaqueta de piel de bisonte con flecos en las mangas, que costaba unos 3 dólares, terminó valiendo unos 30. Lo mismo sucedió con los tocados de plumas de águila, los altares consagrados a los dioses de la guerra o los cuencos para moler brotes de peyote.

No es de extrañar que esta estampida favoreciera toda suerte de tráficos ilícitos.

79

Sin ir más lejos, en el puerto de Nueva York fue sorprendido un ciudadano de nacionalidad alemana abandonando el territorio norteamericano con varios baúles provistos de un doble fondo, donde habían sido disimulados cántaros, máscaras y katchinas hopis (de hecho, fabricadas por los navajos).

Interrogado por las autoridades aduaneras, dicho individuo declaró haber ingresado al país para asistir a las bodas de unos primos. Después de las celebraciones, cansado de la superficialidad de la Costa Este, viajó hacia el Oeste, buscando aventuras en comarcas lejanas que no figuraran en las guías, donde todavía no hubieran llegado la línea telegráfica ni el tren. En Keam Canyon, Arizona, adquirió por una suma de 25 dólares aquellos recuerdos y obsequios para sus conocidos.

El valor de aquel lote fue estimado en 950 dólares. Todo llevaba a sospechar que aquel impostor era en realidad un etnólogo comisionado por el Museo de Hamburgo, que desde hacía unos años había implementado una ambiciosa política de adquisiciones y que, a fin de ampliar su colección etnológica, no tenía el menor escrúpulo en enviar a sus representantes comerciales hasta la aldea hopi de Walpi.

80

Los museos están provistos de tentáculos que se alargan y despliegan miles de millas hasta alcanzar con sus ventosas un fetiche fabricado en el otro extremo del mundo, antes de contraerse y replegarse en un paralelepípedo de cristal.

81

Alarmado por esta depredación, el Congreso creó una comisión de investigación del tráfico de antigüedades y artefactos primitivos presidida por Mr. Kane, representante de Michigan. Seis meses más tarde, Mr. Kane presentó a la Cámara Baja un informe que ponía la carne de gallina.

Según los datos suministrados por los servicios portuarios, en el curso del último año habían sido confiscados en las aduanas de Boston, Nueva York, Baltimore, San Diego y San Francisco más de 20 canoas, 14 tipis, 95 bastones de caza, 86 telares, 348 tapices, 264 coronas de plumas, 128 boquillas para fumar, 82 sonajeros, 45 boleadoras, 308 máscaras, 100 mocasines y 1 iglú. Ya no quedaban dudas. Arqueólogos, etnólogos y otras alimañas venidas del otro lado del océano le estaban sanguijueleando a Norteamérica sus riquezas primitivas. Bastaba con echarles una ojeada a los catálogos de los museos europeos para constatar las dimensiones del pillaje. De no poner freno a esta hemorragia, para contemplar un tótem tallado por los nativos de la Costa Noroeste, habría que viajar hasta el Museo de Etnografía de Gotemburgo.

Poniéndose de pie, Mr. Ryder, representante de Mississippi, gritó:

–¡Muerte a estas inmundas sabandijas!

Una ola de aplausos y silbidos inundó el recinto. Tyler Kane se vio obligado a interrumpir su discurso. Tuvo que intervenir Mr. Kingsley, el presidente de la cámara, tocando una bocina para apaciguar aquel tumulto e invitar a los legisladores a comportarse con mayor dignidad.

Una vez que se calmaron los ánimos, Mr. Kane retomó la palabra para denunciar la negligencia de los sucesivos gobiernos que desde hacía décadas habían manifestado una desidia, mezclada de desprecio, ante estos tesoros. Lamentó la incompetencia del Departamento de Interior y la Agencia de Asuntos Nativos. Criticó la gestión de muchos museos que habían dilapidado fortunas en huesos de reptiles voladores o nadadores, ahogados o desplumados hacía millones de años, en lugar de proteger arcos, flechas y máscaras ceremoniales que estaban siendo expoliadas con total impunidad. Propuso al Congreso un proyecto de ley de protección del patrimonio primitivo nacional que reglamentara la explotación de los yacimientos arqueológicos y sancionara con mayor severidad el contrabando, antes que fuera demasiado tarde.

82

De las 20.000 tribus que existían antes que John Smith fundara Jamestown, sobrevivían en la actualidad no más de 250. Con el desarrollo de las sociedades modernas, que necesitaban cada vez más espacio para aumentar sus rendimientos, y una vez aumentados sus rendimientos les hacía falta cada vez más lugar, los nativos habían sido desalojados de sus tierras y cotos de caza tradicionales para terminar relocalizados en reservas. Muchos no sobrevivieron a esta reasignación domiciliaria. Aquellos que no murieron de hambre, viruela o tristeza, debieron adaptarse a formas de vida deleznables.

Según las cifras suministradas por el último censo de la Agencia de Asuntos Nativos, en los últimos diez años la población indígena había conocido una mengua del sesenta y cinco por ciento. Muchas tribus desaparecieron del mapa por completo, dejando un nombre impronunciable para designar un río, una ciudad o un estado. Otras no estaban demasiado lejos de este destino. Incluso las tribus más resistentes se estaban derritiendo como un bloque de hielo bajo el sol de los trópicos.

Para poner freno a esta calamidad, el Departamento de Interior le asignó a la Agencia de Asuntos Nativos un presupuesto de 100 dólares anuales. La Agencia de Asuntos Nativos envió a las reservas no solamente cajas con ropa, costales de harina o latas de maíz, sino también huestes de maestras formadas en las mejores escuelas de Nueva Inglaterra, dispuestas a enseñar a leer y a escribir a los niños. Para arrancar a los adultos del paganismo, fueron movilizadas tropas de misioneros baptistas, metodistas y menonitas.

Ya no quedaban dudas. Dentro de una o dos generaciones, los nativos, que se vestían con taparrabos y se alimentaban con estofado de víbora, se habrían convertido en caballeros del desierto, paseando a caballo con sus perros o llegando al templo en un carruaje, como cualquier ranchero de Texas.

83

Antes que fuera demasiado tarde, Thomas Lloyds convocó una sesión extraordinaria del directorio, que aprobó, por cuatro voces a favor y una abstención, la destitución de Mr. Spears, acusado de malversación de fondos. En su lugar, nombraron a Ryan Wagner, para recompensar una trayectoria ejemplar al servicio de la historia natural.

Tras esta enmienda, el directorio procedió a la creación de un nuevo establecimiento de la familia smithsoniana que fuera para las antigüedades y artefactos norteamericanos una posada donde pudieran sentirse a gusto, como si fuera su propio hogar: el Museo de la Vida Primitiva.

Además de cobijar y exhibir el patrimonio amenazado, este museo estaba llamado a acrecentar la colección de tesoros nativos, organizando expediciones de recolección de objetos y recopilación de vocabularios y costumbres.

Entusiasmado por la idea de fundar un museo que encerraba tantas promesas y que perduraría como un jalón ciclópeo en aquella hora incierta del destino de la humanidad, Thomas Lloyds declaró que la persona más idónea para llevar adelante esta empresa era Benjamin Bloom.

84

Dicho Benjamin Bloom no era Benjamin Bloom, el malogrado expedicionario que se encontraba en la cárcel, purgando una pena de tres años por no haber saldado la deuda contraída ante el Museo de Historia Natural. Del mismo modo que existían en Norteamérica 18 ríos que se llamaban Colorado, 83 ciudades que se llamaban Washington y 358 calles principales que se llamaban Madison Avenue, así también había unos 435 individuos conocidos con el nombre Benjamin Bloom. De hecho, entre el viejo y el nuevo Benjamin Bloom existía un lazo de parentesco. El padre de Benjamin Bloom era el hermano del padre de Benjamin Bloom.

85

Este Benjamin Bloom había nacido en Swampscott, a veinte millas de Boston y no en Filadelfia, como su primo. Desde muy joven, mientras estudiaba ciencias jurídicas en el St. John College, se interesó por los pueblos de la Antigüedad. Le fascinaban los griegos y romanos, pero mucho más los egipcios y fenicios. Entre los frigios y los ligios, prefería a los ligios. Los hordos le causaban antipatía. Los hititas lo aburrían un poco.

No llegó a graduarse porque justo antes de rendir los últimos exámenes estalló la guerra y se vio obligado a enrolarse como voluntario en el batallón n.° 15 de caballería. En la batalla de Stones River, en Tennessee, al alzar el brazo derecho para dar la señal de fuego, una bala confederada le rozó la muñeca. Con las condiciones paupérrimas de higiene que reinaban en las tierras mississippianas, la herida se le infectó. Por falta de tratamiento adecuado, la infección se convirtió en gangrena. Como la Providencia no quiso que fuera tratado por Zacharias Spears, el brazo que le amputaron terminó en una pila de despojos, a merced de hormigas y larvas de mosca verde.

Al final de la contienda, en virtud de los servicios prestados a la Unión, fue condecorado con la Medalla de la Gallardía y ascendido al grado de capitán. La Universidad de Boston lo contrató como profesor de derecho romano. Pero al cabo de un tiempo, el aire viciado de las aulas, exhalado por estudiantes que dormitaban, se comían las uñas o se distraían vaya uno a saber con qué tonterías, mientras él exponía los arduos problemas planteados por la *Lex Scantinia,* le resultó insoportable. ¡A la horca con todos!

86

Repelido por la educación de la juventud, pidió ser reincorporado al ejército, imaginando que, gracias a los servicios prestados durante la conflagración, obtendría un cargo en el Departamento de Guerra. Se equivocaba. Fue nombrado comandante del Fuerte de San Agustín de Tucson, en el territorio de Arizona, a más de 2.200 millas de Washington, D.C., 1.000 de Kansas City y 70 de la frontera con México, a fin de someter a los apaches chiricahuas, una de las tribus más recalcitrantes del Sudoeste.

El Departamento de Interior les había ofrecido unos trescientos acres de tierra. En lugar de aprovechar esta oportunidad para fijar residencia, estos bribones prefirieron seguir vagabundeando para esquilarles el ganado a los rancheros o atacar al tren que pasaba una vez por semana, haciéndolo frenar con el viejo truco de atar a una chica en las vías, que a decir verdad era un costal de harina disfrazado con ropas de mujer.

También arremetían contra los pimas, pagayos o maricopas que vivían pacíficamente confinados en sus respectivas reservas, para apoderarse de las provisiones que les había enviado la Agencia de Asuntos Nativos, capturar mujeres en edad núbil o robar cántaros que vendían más tarde en el mercado negro de artesanías.

87

Antes de dejar Boston, Benjamin Bloom mandó confeccionar un garfio de metal, especialmente diseñado para disparar con su Remington calibre 58. Ni bien llegó a Tucson, acompañado por sus libros de historia antigua, comenzó a gatillar. Los Apaches no se dejaron intimidar y respondieron al gatillo con más gatillo, antes de dispersarse en todas direcciones, haciendo muy difícil la captura.

El capitán Bloom movilizó a cien hombres, hasta dar alcance a una banda que se había replegado en las laderas de Mogollon Cave, abandonándose estúpidamente a la borrachera. Cuando intentaron escabullirse, las tropas abrieron fuego, disparando contra todo lo que se movía, reventando cráneos y perforando pulmones.

No por ello estos bellacos escarmentaron. Ni bien se les presentó la ocasión, mataron a dos soldados. Los soldados ejecutaron a cuarenta y cinco apaches, sin perdonar a ancianos, mujeres o niños. Los apaches incendiaron el rancho de Mr. Wallace, degollándolo y vejando a su esposa y a sus tres hijas.

El capitán Bloom volvió a la carga, esta vez con doscientos hombres, dispuestos a darles su merecido a aquellos truhanes. Durante semanas rastrillaron cada acre cuadrado de la Pimería sin avistar a un solo apache. Probablemente los granujas habían encontrado un escondite del otro lado de la frontera. Las autoridades mexicanas los dejaban pasar con la misma desidia de siempre.

88

Para ganar una guerra, no basta con el empleo de la fuerza bruta. También es necesario compenetrarse con el enemigo, a fin de anticipar sus acciones y desmantelar sus artimañas. Benjamin Bloom lo sabía. Para vencer a los apaches, había que meterse en la piel de un apache y ser más apache que un apache.

Cambiando de estrategia, procuró obtener un máximo de informaciones sobre las costumbres de los apaches chiricahuas. Se llevó varias sorpresas. Supo que los guerreros, antes de lanzar un ataque, mascaban hojas de agave azul, que les hacía soportar durante horas el hambre, la sed o el cansancio. Durante los combates, las mujeres tenían prohibido tocar carne cruda.

Los apaches mezcaleros, en cambio, sentían terror por las enfermedades. Consideraban que las dolencias eran provocadas por el maleficio de algún animal impuro, como el búho. Quien contraía el tifus o la viruela era abandonado a su suerte. Cuando un miembro de la tribu moría, el nombre del difunto era suprimido de la lengua y nunca más podía ser pronunciado.

Los apaches jicarillas tenían prohibido expresar ciertas emociones. Podían reírse, enojarse, alegrarse, entristecerse, tener miedo o sentir asco, pero de ningún modo llorar. El llanto era una emoción tabú. El niño que se caía y se golpeaba, la mujer que era abandonada por su marido, el anciano que no podía levantarse porque le dolían todos los huesos, habían de contener las ganas de llorar hasta el solsticio de invierno, en que se celebraba solemnemente la Ceremonia del Llanto por las Imperfecciones de la Vida.

89

Como una mancha de aceite en el agua, su curiosidad se fue extendiendo hacia los otros pueblos que residían en el Sudoeste. Inmensa fue su sorpresa al advertir que en la lengua, la religión, el arte, la cocina, la economía y las formas de gobierno de estos nativos era posible contemplar los rasgos de pueblos que existieron hace miles de años, cuyos vestigios se encuentran hoy hundidos en la tierra.

Los havasupais tenían la misma veneración por las serpientes de cascabel que los antiguos egipcios por los áspides. Cuando una serpiente ingresaba a un hogar, era necesario abandonar de inmediato la vivienda y pedirle al chamán que viniera a recitar una plegaria, invitando al ofidio a buscar alojamiento en otra parte. Los taos construían sus casas de adobe utilizando las mismas técnicas de fabricación de ladrillos que los sumerios. Los mojaves practicaban la ablación del prepucio ocho días después del nacimiento, como los hebreos. Los navajos eran fenicios que no desperdiciaban la más mínima circunstancia para sacar provecho comercial, circunnavegando las arenas del Desierto Pintado.

90

Asaltado por un apetito irrefrenable de los usos y costumbres de aquellas tribus, Benjamin Bloom quiso saber más. Dejando que los apaches chiricahuas esquilaran ranchos y saquearan trenes, se consagró al estudio de lenguas vernáculas. Interrogó a cuanto nativo se le cruzó en el camino. Visitó ruinas disimuladas entre las laderas de cañones, habitadas antaño por pueblos que habían desaparecido misteriosamente, sin dejar huella. Comenzó a coleccionar máscaras, fetiches y tapices, que fueron cubriendo las paredes de su despacho. Se puso a devorar, no sin glotonería, los libros que pudo comprar por correspondencia, como *Los favores celestes* del padre Eusebio Francisco Kino, que había enjesuitado California y la Pimería Alta.

Estas lecturas lo dejaron en ayunas. Era más lo que se ignoraba que lo que se sabía. Y, peor aún, en lo poco que se sabía era muy difícil distinguir la verdad de la fábula y la fábula de la difamación. La mayor parte de las tribus eran conocidas con nombres erróneos.

Los apaches no eran apaches. Los apaches se nombraban a sí mismos, según las circunstancias, *Tinneh*, *Inde, Dinde* o *N'de* (no estoy seguro de la grafía). *Apaches* era un nombre que les habían dado los zuñis (que por otro lado tampoco se llamaban *zuñis* sino *ashiwis),* sus ancestrales enemigos, y en lengua zuñi *apache* quería decir precisamente *enemigo.* Si esto sucedía con el nombre, no era muy difícil adivinar lo que podía llegar a ocurrir con el resto. Las costumbres atribuidas a los apaches eran puras mentiras inventadas por sus adversarios.

Para poner fin a estas murmuraciones y saber quién era quién y quién hacía qué, era necesario echar por la borda las habladurías transmitidas por jesuitas, conquistadores, misioneros, traficantes y otras alimañas que invadieron y devastaron la región. Había que visitar a cada tribu, una por una, a fin de considerar exclusivamente los datos brindados por la observación directa y nada más que por la observación directa.

Así como se estudiaba pormenorizadamente la vida de las estrellas que titilaban en la bóveda celeste, erigiendo telescopios en medio del desierto, ¿por qué no hacer lo mismo con estas tribus, condenadas a desaparecer en breve, que vivían en nuestro mismo planeta, a unas horas de nuestro hogar en tren? Los astros no hablan, pero siempre retornan al mismo punto. Marte y Venus seguirían trazando la misma elipse alrededor del sol cuando estas maneras de pensar, hablar, percibir colores y moler maíz se hubieran esfumado para siempre, llevándose consigo informaciones esenciales para comprender la historia de la humanidad.

91

En lugar de campañas punitivas, Benjamin Bloom organizó visitas inquisitivas. Para no suscitar la desconfianza, viajaba solo, y cuando desconocía por completo la lengua, con un lenguaraz. A cambio de regalos, pudo interrogar a ancianos, recopilar vocabularios, transcribir mitos, recolectar vasijas, fotografiarse con una máscara durante la celebración de la danza de los antílopes.

Cuando volvía a Tucson, Benjamin Bloom le dictaba al teniente O'Hara, su secretario personal que le servía de amanuense, una crónica del viaje que publicaba, el primer viernes de cada mes, en la prensa local. Gracias a estas columnas, Benjamin Bloom se transformó en una celebridad, a tal punto que decidió dejarse crecer el pelo y atusarse el bigote y la barba a la manera bufalobilliana.

Cuando se acodaba en la barra de The Shoo Fly, la única taberna abierta toda la noche, muchos vecinos lo saludaban y lo invitaban a una copa de mescal. En el fondo, se congregaban jugadores de póquer, mineros que apostaban a una pelea de gallos, mujeres vestidas con ropas chillonas que disimulaban con una costra de maquillaje los surcos de apetitos desordenados. Había demasiado humo y narices rojas. A pesar de tener un pie en la tumba, muchos rancheros bailaban al son de los violines, taconeando sobre el entarimado. A la hora del cierre, muy a menudo había que llamar al alguacil para que viniera a retirar un cadáver.

92

Mientras que Benjamin Bloom hacía una visita domiciliaria a los yumas, la misión de San Xavier del Bac, situada a unas doce millas de Tucson, fue atacada por una hueste de apaches que aprovecharon la noche para degollar a media docena de franciscanos, incendiar la capilla y desvalijar la sacristía, robándose los cálices que el padre Eusebio Francisco Kino les había encomendado a los orfebres de la Compañía de Jesús de California.

Acusado de deserción, Benjamin Bloom fue juzgado por un tribunal militar que decidió degradarlo, destituirlo y declarar la inhabilitación total para desempeñar funciones en el cuerpo castrense por el resto de su vida. En su lugar, fue nombrado el capitán William, que llegó con un refuerzo de mil hombres, dispuesto a imponer el orden en aquel territorio indómito, neutralizando a las tribus que no desearan acatar la ley.

Cautivado como estaba por la etnología, Benjamin Bloom no le acordó demasiada importancia a este traspié. Muy por el contrario, sintió que se sacaba un peso de encima. Por fin dispondría del tiempo necesario para dedicarse de lleno a su vocación. No quedaba demasiado tiempo por delante. Ya era hora de que sus trabajos trascendieran las polvorientas fronteras del Sudoeste.

93

Como andaba necesitado de dinero, Benjamin Bloom le vendió sus crónicas a *Canibalia,* una revista de arte, arqueología, etnología y literatura, en venta en los mejores quioscos, con sede en Brooklyn.

Sobre la redacción de la revista, se precipitaron cartas de lectores que preguntaban si era verdad que los hopis celebraban una danza con una serpiente de cascabel en la boca, que los apaches mimbreños coleccionaban las cabelleras arrancadas a sus enemigos o que los chamanes tonapahwas eran capaces de tragar brasas encendidas sin quemarse.

El Este soñaba con el Oeste y *Canibalia* vendía este sueño a 3 centavos.

94

Benjamin Bloom fue invitado a dar conferencias en tertulias, salones y convenciones celebradas en los mejores hoteles de Norteamérica. Vestido con levita, camisa blanca almidonada y un botón de diamante cerrándole el cuello, arengaba al público durante horas, a fin de ganar adeptos para la causa etnológica. Todo el mundo escuchaba sus palabras, magnetizado, sin atreverse a toser.

–Damas y caballeros –decía Benjamin Bloom.

–¡No se oye! –gritaban desde el fondo.

Damas y caballeros, volvía a decir, esta vez con una voz que retumbaba como un trueno. Hasta hacía pocos años, la ciencia no había demostrado demasiado interés por la especie humana. Absorbida como estaba por el estudio de la Naturaleza, relegó esta tarea a archidiáconos, filósofos, poetas y otros farsantes. Los hombres conocían perfectamente el mundo mineral, vegetal y animal, pero ignoraban por completo su propia historia, hasta que llegó el día en que aquel mismo progreso les mostró la necesidad de conocerla, cerrando entonces el círculo.

¿De qué manera el hombre llegó a ser hombre? ¿Cuál fue el lento y escabroso camino que condujo a nuestra especie a ser como era? ¿Cuáles fueron las leyes que determinaron este deambular? ¿Qué estadios atravesó? ¿Cómo aprendió a hablar? ¿Y a trabajar? ¿Y a pensar? ¿Cuándo dejó de acostarse con sus padres, hermanos y abuelos? ¿En qué momento tuvo consciencia de su infinita finitud y tuvo miedo de morir y comenzó a enterrar a sus muertos y fue invadido por un santo temor al mundo que existía más allá de este mundo y se empeñó en ganar la simpatía de los dioses y demonios con conjuros y cultivó un placer desinteresado en pintar, cantar, danzar o recitar poemas que gustaban universalmente sin concepto?

Los usos y costumbres de las sociedades primitivas mostraban como en un espejo, a quien quisiera y supiera contemplar, la imagen de lo que el hombre fue en los albores. Era necesario observar, con el mismo rigor científico con que se estudiaban los restos de un cefalópodo paleozoico estampado en una piedra, la vida de estas tribus que se estaban apagando, una tras otra, de manera irreversible, verdaderos museos de la infancia de la humanidad. Solo así podríamos saber, de una vez por todas y para siempre, quiénes éramos, de dónde veníamos y hacia dónde íbamos. Había que actuar de inmediato. Los minutos estaban contados.

95

Al final de una conferencia pronunciada en el Hotel Willard de Washington, D.C., mientras sus admiradores venían a pedirle un autógrafo y Benjamin Bloom trazaba un garabato de niño, con su garfio particularmente diseñado para escribir, le hicieron llegar en una bandeja de plata una esquela enviada por Thomas Lloyds, que le proponía una cita en el castillo smithsoniano.

Al día siguiente, al abrirse la puerta del despacho situado en la torre ortogonal, Benjamin Bloom se encontró con un hombre ya mayor, aunque perfectamente conservado, que le estrechó la mano de manera efusiva. Por lo visto, aquella mañana había pasado un tiempo considerable acicalándose, a juzgar por la barba lincolniana, cepillada con esmero.

Después de invitarlo a sentarse, Thomas Lloyds le sirvió una copa de champán. Se pusieron a conversar distraídamente de política, de deportes y del tiempo que hacía. El champán era excelente.

Con una alegría no exenta de vanidad, Benjamin Bloom advirtió por el rabillo del ojo que sobre el escritorio se hallaba el número de *Canibalia* donde había publicado su visita a los havasupais. Thomas Lloyds debió de percibir el gesto, ya que de inmediato se puso a comentarle el artículo. Elogió la foto con un fondo de cascadas y cañones, en que se lo veía, en primer plano, en compañía de nativos envueltos en pellejos de coyote.

Mr. Lloyds le sirvió más champán, haciendo desbordar la copa. Para limpiar la mancha burbujeante que se extendió hasta el borde del escritorio, estropeando el ejemplar de *Canibalia,* no vaciló en sacarse el chaleco de terciopelo negro y utilizarlo como esponja.

Llegado a este grado de intimidad, Thomas Lloyds le preguntó si estaría interesado en ser el director del Museo de la Vida Primitiva. Benjamin Bloom quedó pasmado. Al principio pensó que había entendido mal. Pero había entendido bien. Thomas Lloyds le estaba proponiendo la dirección de un museo que estaba a punto de ser creado en Washington para que pudiera realizar sus sueños etnológicos. Benjamin Bloom no lo podía creer. Pero era la verdad.

Durante meses, el directorio había estado buscando candidatos calificados para ordenar, exhibir, proteger y acrecentar los tesoros nativos de Norteamérica, defendiéndolos de la rapiña, la indolencia o la erosión del tiempo. Muchos nombres fueron barajados, pero ninguno llegó a convencerlos. Al escuchar su charla sobre las tribus menguantes, Thomas Lloyds tuvo una revelación. No le quedaba la menor duda. Benjamin Bloom estaba hecho para dirigir aquel museo como el dedo anular para insertarse en un anillo.

Emocionado por la noticia, Benjamin Bloom se puso de pie y le tendió la mano izquierda. No menos conmovido, Thomas Lloyds lo estrechó entre sus brazos. Durante un minuto, bailaron, barriga contra barriga, imaginando el ritmo de una música tribal, mientras Thomas Lloyds le susurraba al oído frases que por momentos resultaban ininteligibles. Terminaron de beber la botella de champán.

Al despedirse, Thomas Lloyds le confesó que lo hacía infinitamente feliz saber que en breve trabajarían en despachos con puertas que daban a un mismo pasillo.

96

Ni bien fue confirmada la nominación, Benjamin Bloom se mudó a Washington, D.C., con su colección de máscaras, tapices, vasijas, fetiches, libros y libretas.

La primera decisión que tomó fue alojar el Museo de la Vida Primitiva en el ala derecha del castillo, comprimiendo las salas del Museo de Historia Natural a un mínimo indispensable. Para ello, no vaciló en exigirle a Ryan Wagner, el nuevo director, la expulsión de tiranosaurios, pelícanos disecados descoloridos y varias cajas con helechos fósiles que ya no le llamaban la atención a nadie. Este destronamiento permitió ganar unas quinientas yardas cuadradas, espacio más que suficiente para acoger los restos esqueléticos del hombre americano y los productos de su industria.

Asistido por el teniente O'Hara, que lo siguió en esta aventura, Benjamin Bloom dio la bienvenida a los artefactos que fueron llegando en oleadas sucesivas, desde las oficinas de aduanas hasta el museo, haciéndolos ingresar en el catálogo con un número y una breve descripción que les otorgaba la carta de ciudadanía en la república de objetos exhibibles.

97

Ya habría tiempo para armar las vitrinas, desplegados aquellos trastos en formas de panoplia. Benjamin Bloom aspiraba a que su museo fuera no una mera Feria de Artesanías sino un verdadero Observatorio de Tribus Menguantes. Para ello, era necesario organizar expediciones a cargo de etnólogos-viajeros profesionales. Lo que no era fácil.

Como en la apergaminada Europa, existían en Norteamérica sociedades etnológicas formadas por caballeros que organizaban reuniones en el Yachting Club, bebiendo whisky, cómodamente instalados en un sofá, para leer papeles sobre costumbres primitivas recopiladas por misioneros, viajeros, piratas o funcionarios coloniales, destilando toda suerte de errores, que pasaban de boca en boca y de mente en mente, como un resfrío.

En busca de expedicionarios, Benjamin Bloom se puso en contacto con alguna de ellas, pero no tardó en llevarse una desilusión. Ninguno de estos señoritos, a quienes una noche de helada podía llegar a engripar, una caminata bajo el sol en el desierto a insolar, unos bofes de búfalo a retorcer las tripas, una cabalgata a destrozar sus mejores guantes de castor, estaba dispuesto a abandonar las comodidades de la vida urbana para vivir un tiempo a la intemperie en una sociedad primitiva.

Estos Buenos-para-Nada no querían malgastar un solo centavo en un viaje para observar lo que podía leerse en un libro. Viajar era sospechoso. Viajaban quienes querían huir de los acreedores u olvidar un amor infortunado. Viajar era un placer tristísimo, le dijeron. ¡Al diablo con estos Calienta-Sillones!

98

A fin de reclutar sus tropas, Benjamin Bloom no desestimó ninguna estratagema.

Le dictó a Joshua O'Hara cartas donde instaba a algunos naturalistas a que reemplazaran el estudio de los peces del río Snake por el de las relaciones de parentesco de los huskis; donde exhortaba a algunos militares que habían combatido a los sioux a que abandonaran las armas por la ciencia, considerando a los primitivos ya no como enemigos sino como interesantísimos objetos de estudio. No vaciló en contratar a misioneros capaces de sacrificar en nombre de la religión lo que ningún científico estaba dispuesto a soportar en nombre de la ciencia. Hasta les dio una oportunidad a algunas damas intrépidas con sed de aventuras. Con los etnólogos en ciernes que logró reclutar, ya podían comenzar a visitar las tribus que se concentraban en el Sudoeste, repartidas por sorteo.

99

Antes de enviarlos al frente, Benjamin Boom le impartió a su tropa de etnólogos un cursillo sobre la manera de estudiar en unas pocas semanas, con rigor científico, una sociedad primitiva, enseñándoles técnicas de observación, rudimentos de lenguas nativas, astucias para adquirir vasijas, tocados de pluma o calaveras, cómo montar una tienda de campaña y reaccionar ante una picadura de víbora.

Les recomendó tener mucho cuidado en el momento de elegir a los informantes. Lo ideal era seleccionar a varios nativos con buena predisposición que no se conocieran, para poder hacerles las preguntas por separado y, en caso de contradicción, detectar fácilmente los falsos testimonios.

Las etnólogas fueron invitadas a trabajar de preferencia con informantes del mismo sexo, buscando ganar su confianza y complicidad, a fin de obtener datos que, por pudor o recelo, serían disimulados a los colegas varones.

100

Cuando todo el mundo estuvo preparado, Joshua O'Hara compró los pasajes, reservando un camarote privado en el vagón cucheta.

Al viajar al Sudoeste, los etnólogos avanzaban en el espacio, retrocediendo en el tiempo. Gracias a los avances de la técnica y a las inversiones de la Baltimore & Ohio Railroads y la Chicago-Santa Fe & San Diego Railways, era posible transitar en unos pocos días el camino que la humanidad había recorrido durante milenios, pero en sentido inverso, descendiendo los peldaños que llevaban de la ciencia a la magia, de la familia monógama al afroditismo, de la propiedad privada a la tierra comunal, de la democracia a la ginecocracia, del monoteísmo al animismo, del traje de levita al taparrabos, de la neurastenia de la urbe a la serenidad de la vida tribal, de los ríos contaminados con mercurio a los torrentes de agua cristalina venerados como dioses y no como algoritmos para construir puentes.

101

Presentando la carta de recomendación redactada por el superintendente de Asuntos Nativos, los etnólogos acampaban en las afueras de la reserva para no molestar, evitando suscitar temores entre los nativos, que suelen ser asustadizos como ardillas.

Sin tiempo que perder, enviaban saludos a las autoridades tribales para ganar su confianza, lo que no estaba dado de antemano. Las autoridades siempre desconfiaban de los hombres blancos, mucho más si eran etnólogos. Para vencer aquellos resquemores, les ofrecían cajas de cigarros y botellas de whisky irlandés. Si el cacique no se dejaba conquistar, intentaban trabar amistad con sus esposas, ofreciéndoles aros, anillos o sombreros comprados en una tienda de la Forth West Avenue en la época de saldos.

Una vez obtenido el visto bueno, los etnólogos se daban un chapuzón en la vida primitiva. Camuflándose con el entorno, se ponían a observar todo lo que se interponía en su campo de visión, con un ojo despojado de todo prejuicio, creencia o afecto, grabando en la retina los comportamientos que presenciaban, sin dejarse impresionar por el asco, la sorpresa o el fastidio, sin dar prioridad a ningún aspecto, y sin descartar ningún detalle por más nimio que pareciera.

Siguiendo las instrucciones de Benjamin Bloom, escudriñaban a los hombres que iban de caza. Fisgoneaban a las mujeres que decoraban cántaros con motivos geométricos, utilizando pigmentos obtenidos de la genipa. Jugaban con los niños y púberes para saber aquello que los adultos les habían escamoteado. ¿Cómo llamaban a la hermana de la madre? ¿Y al hermano del padre? ¿Y al padre del hermano mayor de la esposa del tío de la madre? ¿Reglas regulares o irregulares? ¿Edad de pérdida de la virginidad? ¿Con cuántos varones? ¿Alguna vez con una mujer?

Los etnólogos se invitaban a las ceremonias de iniciación o a las danzas para ganar la amistad de los dioses del maíz. Durante los festines, bebían procurando no perder la compostura, antes de retirarse a dormir a la tienda de campaña, evitando en lo posible participar en las orgías. Sabían muy bien que las relaciones carnales podían llegar a estropear la visita.

VI. Sociedades primitivas

102

Al terminar la misión de observación, interrogación y recolección, cada etnólogo regresaba a Washington, D.C., con tesoros que eran confinados en la reserva o apuntes que entregaban a Joshua O'Hara para que los pasara en limpio. Una vez dactilografiados, estos materiales eran archivados, en virtud de la masa y el volumen, en carpetas de cartulina roja o cajas de cartón, con las referencias apuntadas en el lomo, a la espera de ser publicados en los *Anales del Museo de la Vida Primitiva.*

Con este acopio de información, los armarios y estanterías se atiborraron. Cuando ya no hubo más lugar, los papeles comenzaron a amontonarse en el suelo, formando torres o montañas que se desmoronaban cada dos por tres. Llegó un momento en que resultó muy difícil circular. Para ir de su escritorio hasta la puerta que comunicaba su despacho con el de Benjamin Bloom, Joshua O'Hara tenía que avanzar a los saltos, procurando no pisar ninguna caja o patinar con un folio. Los papeles pueden ser tan resbaladizos como cáscaras de banana.

103

Estos documentos causaron una viva impresión en Benjamin Bloom, que no dejaba de rumiar lo que leía, sin saltarse una sola palabra, como si se le hubiera impregnado, a través de la córnea, una sustancia estimulante pero a la vez adictiva: el veneno de la etnología.

Ya no podía pensar en otra cosa. Su cerebro se debatía, noche y día, disecando, catalogando y ordenando aquellos apuntes para saber cómo publicarlos en los *Anales del Museo de la Vida Primitiva,* evitando el error de divulgar misceláneas destinadas a animar las veladas de los etnólogos de salón. Buscaba hacer encajar las diferentes piezas de aquel rompecabezas de lenguas, usos y costumbres en una historia que explicara de qué manera el hombre llegó a ser hombre.

Por cierto, siempre había detalles que desencajaban, partes que le faltaban y datos que se contradecían. Volvía a empezar y volvía a fracasar. Llegó a pensar, en un momento de desaliento, que semejante proyecto excedía sus fuerzas y las de cualquiera. Los etnólogos eran observadores bizcos: un ojo miraba hacia allá y el otro hacia acá. Así como no era posible ver una representación de teatro, siendo actor y espectador a la vez, del mismo modo tampoco era posible ser hombre y comprender al hombre por fuera de la humanidad.

No se dejó intimidar por estas dificultades.

Una mañana, al ingresar a su despacho Joshua O'Hara se encontró con Benjamin Bloom, con los ojos inyectados en sangre y la barba despeinada, en un estado de excitación que le hacía temer que hubiera perdido el juicio. Pero no había perdido el juicio. En realidad, aquella noche había logrado atisbar por fin, después de tantos esfuerzos, como si hubiera echado una moneda en un kinetoscopio, las sucesivas siluetas encarnadas por el hombre, estadio tras estadio, en un movimiento de perpetua ascensión, desde que comenzó a ser hasta llegar a ser lo que era.

Enardecido por aquel chispazo, Benjamin Bloom se puso a hablar como si les hubiera dado cuerda y cientos de engranajes hubieran comenzado a girar en su laringe. Con voz metálica, habló toda la mañana y siguió hablando al mediodía, mientras almorzaban en el refectorio del castillo, y continuó hablando después del trabajo, en el tranvía que los condujo hasta Dupont Circus, y luego, dado que las condiciones meteorológicas eran propicias para la conversación, durante la caminata por New Hampshire Avenue, hasta llegar a The Octopus, donde siguió hablando hasta que se le trabó un resorte.

104

A Benjamin Bloom le produjo un estremecimiento muy particular las costumbres referidas por Mr. Barnett sobre los wakoas, tribu con la cual convivió durante más de veinticinco días, acompañándolos en sus desplazamientos por la región de Salt Creek.

Los wakoas no tenían parentesco físico ni lingüístico con los hopis, zuñis o navajos, ni siquiera con vecinos más lejanos, como los yumas, yaquis o tarahumaras. Aislados por el desierto del resto de la humanidad, estos aborígenes habían conservado en un estado de pureza excepcional costumbres que habían desaparecido de la faz de la tierra hacía miles de años. Verdaderos fósiles vivientes, los wakoas nos brindaban informaciones sobre el hombre ni bien comenzó a ser hombre.

No construían chozas, no labraban la tierra, no tenían animales domésticos. Tampoco conocían la alfarería. Desconocían la religión y el arte, a no ser en sus formas más rudimentarias. Como en los primeros tiempos, los wacoas seguían viviendo en pandillas gobernadas por un patriarca que gozaba de todas las hembras y expulsaba a los machos más jóvenes, una vez alcanzada la edad de madurez sexual, a fin de evitar toda rivalidad o pendencia.

La visita de Mr. Barnett coincidió con el declive del tirano. El paso del tiempo había convertido a aquel monstruo implacable en un viejito enclenque, harto gastado por los excesos cometidos durante su juventud, que apenas si podía dar un paseo matinal, con sus piernas abotagadas por las várices, apoyándose en un palo.

Las hembras solicitaban sin cesar sus favores en recuerdo de las hazañas de antaño, tan celebradas por sagas y mitos. El anciano les rogaba encarecidamente que no lo importunaran. Pero ellas volvían a acometerlo, una y otra vez, con besos y pellizcos. El viejo las rechazaba, amenazándolas con un puño cerrado, no sin vehemencia, esfuerzo que lo dejaba extenuado.

Durante las noches de luna llena, con la esperanza de atizar el apetito sexual, las más jóvenes le servían raíces afrodisíacas, que el geronte se ponía a chupar con sus encías desdentadas. Una vez terminado el banquete, las vírgenes se acostaban desnudas en su lecho para ofrecerle sus primicias. Lamentablemente el anciano se echaba a dormir.

No era de sorprender que, emancipándose de este avasallamiento decrépito, muchas de estas doncellas se entregaran a las delicias sáficas, descubriendo un continente que nunca más abandonarían. Otras, ajenas a este tipo de inclinaciones, restablecieron el contacto con la banda de machos desterrados que se habían instalado a unas millas de distancia, enviando un comité de reconciliación. ¡Demasiado tarde! Mientras el patriarca se marchitaba, heridos en su orgullo por el comportamiento de las hembras que no habían manifestado el menor gesto de solidaridad ante la expulsión, los miembros de la pandilla masculina se habían abandonado a toda suerte de acrobacias sexuales entre ellos. Estas costumbres, concluía Mr. Barnett, parecían irreversibles.

105

–De hecho –dijo Benjamin Bloom, mientras luchaba por trozar una pata de pavo, con su garfio particularmente diseñado para manipular un cuchillo– ninguna costumbre, por más arraigada que esté, es irreversible.

–Desde luego –respondió Joshua O'Hara, clavándole el tenedor a una costilla de cerdo, acompañada por una salsa de frambuesas. Y para que no quedaran dudas de su aporte a la conversación, agregó–: ¿Dónde está la pimienta?

Las costumbres practicadas por los arcadios y epeos (¿o hipeos?), según los escritos de Heródoto y Diodoro de Libia, indicaban el estadio inmediatamente superior que atravesaron las sociedades humanas, cuando, tras la muerte del patriarca, hembras y machos se juntaron y ayuntaron sin trabas.

En esta fase de afroditismo original, cada hembra pertenecía igualmente a todos los machos y cada macho a todas las hembras. Y según los gustos o caprichos del momento: cada macho pertenecía igualmente a todos los machos y cada hembra, a todas las hembras. De este modo, cuando nacía una criatura no se sabía si era un hijo, un hermano, un nieto, las tres cosas a la vez o ninguna. Mucho peor aún, empezaron a nacer niños con escamas, como si la Naturaleza hubiera empezado a tambalearse y en lugar de traer al mundo a seres humanos hechos y derechos, hubiera comenzado a sacar de la galera especies de otras épocas geológicas.

Para poner fin a esta confusión que amenazaba la supervivencia de la especie, las hembras impusieron a los machos una reglamentación muy estricta de las relaciones sexuales. A partir de aquel momento, quedaba terminantemente prohibido practicar el comercio carnal entre padres e hijos, hermanos y hermanas (no así entre primos colaterales cruzados, que pudieron aprovechar sin culpas este vacío legislativo).

Dado que cuando un vástago nacía se sabía perfectamente quién era la progenitora, porque el parto era y sigue siendo un acontecimiento material indiscutible, aunque no a ciencia cierta quién era el progenitor, que podía ser cualquiera, los descendientes adoptaron el nombre de la madre. La izquierda se impuso sobre la derecha, la tierra sobre el cielo, la luna sobre el sol, la emoción sobre la razón, el rojo sobre el azul.

106

De estas costumbres ancestrales quedan vestigios en la lengua kiataw, hablada por los cuarenta y siete nativos que residían en la reserva de Morgan Cliff. Los kiataw nunca decían *tío, abuelo* y *padre.* El padre, el padre del padre y los hermanos del padre eran llamados simplemente *t'okum,* término general que también se aplicaba al coyote que ataca el ganado, al melón silvestre que invade los campos y que no es comestible y al piojo.

En cambio, existían más de quince términos para nombrar las relaciones de parentesco por vía materna. En lugar de decir simplemente *madre,* los kiataw decían:

Ka'tsill: la madre que engendra una mujer.

Ka'stoll: la madre que engendra un varón.

Ka'tusbel: la madre de día.

Ka'wenak: la madre de noche (palabra que también quiere decir antiguo secreto o antigua ocultadora).

Ka' takan: la madre al cuadrado (la madre que es madre de una madre).

Ka'uchkan: la madre que ya no puede ser madre.

A Mathilda Dewoody, que convivió veintiún días con esta tribu, le llamó mucho la atención que en determinadas circunstancias las púberes llamaran a sus progenitoras *ka'eek*, «la que me aburre soberanamente» o, para decirlo de manera más exacta aunque vulgar, «¡la que me...!», exhibiendo en esta insolencia hacia los mayores un movimiento de rebelión juvenil, bastante excepcional por cierto en las sociedades primitivas.

107

Otra curiosidad que sorprendió muchísimo a Benjamin Bloom fue la lengua hablada por los dixies, de la reserva de Hasuwavi, que desconocía por completo la palabra *tiempo* como así también las formas gramaticales para referirse al *pasado, presente* o *futuro.* Ahí donde la mayoría de las lenguas, para expresar lo que sucede ahora, antes o después, se empeñaban en declinar verbos hasta el agotamiento, o imponían la compañía paternalista de un verbo auxiliar, la lengua dixie se las arreglaba agregando, según las circunstancias, prefijos lunares o solares a los sustantivos.

La forma que adopta el mundo es la forma murmurada por el lenguaje. Era un verdadero alivio, declaró Mr. Wirthmore, que convivió con los dixies durante veintiocho días, vivir en un mundo sin tiempo. Los dixies desconocían el engorroso problema de definir algo que, cuando no me lo preguntan, sé lo que es, pero cuando me lo preguntan, dejo de saberlo. Tampoco se dejaban tiranizar por un concepto tan antojadizo como ese fue que ya no es, ese ahora que dejó de ser, ese será que aún no es y que cesará de ser, ni bien sea.

Tribu sin historia ni porvenir, y no por ello menos feliz, los dixies ignoraban por completo lo que significaba el rencor. No distinguían el anciano del adulto, ni el adulto del niño. Recuerdos y olvidos, profecías y pronósticos les eran extraños. Vivían por vivir y no pensando, o negando, todo el tiempo, lúgubremente, que iban a extinguirse.

108

Así como era muy común que en las lenguas primitivas faltaran palabras muy frecuentes en la nuestra, lo contrario también era cierto. A veces, había palabras que sobraban y que no se dejaban traducir.

Los kenawas, estudiados por Emma Dewoody, la hermana gemela de Mathilda, decían *kala* (hombre) y *winyasi* (mujer). Pero entre ambos extremos existía un arsenal de palabras que nuestras lenguas ignoraban, verdaderos fósiles de la época del afroditismo primordial, cuando reinaba la confusión de géneros.

Había una palabra para los hombres que se vestían, hablaban, pensaban y se acoplaban como mujeres; para las mujeres que se vestían, hablaban, pensaban y se acoplaban como hombres; para los hombres que pensaban, hablaban y se vestían como hombres y se ayuntaban con hombres; para las mujeres que se ayuntaban con mujeres, sin dejar de vestirse, hablar y pensar como mujeres.

Algo aún mucho más vertiginoso: existía una palabra para los hombres que pensaban y hablaban como hombres, pero que caminaban y se vestían como mujeres y se ayuntaban con mujeres; para las mujeres que se vestían y hablaban como mujeres pero que pensaban y soñaban como hombres y se acoplaban con mujeres; para los hombres que se consideraban mujeres o mujeres que se consideraban hombres, pero solamente en circunstancias particulares, como por ejemplo las noches de luna llena.

109

Gracias a los testimonios que nos dejaron Estrabón y Olimpiodoro de Tebas sobre los escitas que vivían en las estepas pónticas, sabemos que después de la nueva reglamentación sexual el nacimiento, la cópula y la muerte se sucedieron de manera tan rigurosa y ordenada como las estaciones del año. Los hombres se fueron multiplicando en proporción geométrica, mientras que los alimentos se fueron multiplicando en proporción aritmética, hasta llegar al punto crítico en que cundió el hambre.

–¿Un terrón de azúcar? –preguntó Joshua O'Hara, revolviendo la taza de café.

–¡Váyase al infierno! –le gritó Benjamin Bloom, amoscado por la interrupción.

Sobrevino un período bastante oscuro en la historia de la humanidad. Dados los restos de huesos roídos o cortados con un hacha, exhumados por el general Reynolds en una caverna de Antelope Canyon, no sería totalmente descabellado conjeturar, por más escalofriante que resultara esta idea, que, aguijoneadas por el hambre, las primeras sociedades no tuvieron demasiados escrúpulos en practicar el canibalismo, manducando enemigos, amigos y parientes, y cuando ya no les quedó otro recurso, engullendo las partes prescindibles del propio cuerpo, como las uñas, los cabellos o un filete de nalga.

La especie humana habría desaparecido por completo de la faz de la tierra como tantas otras, si no hubiera sido por un descubrimiento que se produjo en algún lugar del planeta, o tal vez en varios a la vez, cuando un ancestro más perspicaz que los otros advirtió, por pura casualidad, que existía una conexión entre la bellota que se desprendía de un árbol y el retoño que germinaba en el mismo lugar semanas más tarde. Los pájaros ya lo sabían.

Los seres humanos se enseñorearon del reino vegetal y sometieron a las plantas a toda suerte de avasallamientos, a fin de hacer crecer a voluntad el maíz, el frijol, el tabaco, el melón, la sandía, el tomate, la papa, el chile y el ají. Todas las partes de las plantas fueron aprovechadas. Tubérculos, hojas, vainas y frutos proporcionaron nuevos ingredientes que revolucionaron las maneras de cocinar y comer, con la invención de la ensalada, uno de los platos más nutritivos y simples de preparar.

Para que todo el mundo tuviera una ocupación, aquellos que no podían o no sabían sembrar, segar, cocinar ni aderezar, fueron invitados a triturar y desmenuzar granos con la boca, masticándolos hasta fabricar una pasta con la que se confeccionaron los primeros panes y tortillas.

110

Una invención nunca se produce sola. Una invención siempre lleva a otras invenciones, haciendo que la humanidad ascienda, peldaño tras peldaño, la escalera sin fin del progreso.

La necesidad de almacenar granos y frutos condujo a la invención de la alfarería. La posibilidad de llenar ollas, tinajas y cántaros hizo que algunos tuvieran más y otros menos, creando las primeras formas de desigualdad entre los hombres.

De pronto, se volvió muy difícil trasladarse de un lado para el otro, con tantos bártulos y niños de pecho en brazos. A proximidad de un río o de la orilla del mar, en los valles o laderas fértiles, se construyeron chozas con paredes de troncos y techos de paja. Con la fundación de estas aldeas cundieron también los primeros chismes y epidemias de peste.

Para conjurarlas, aparecieron los primeros chamanes y cultos religiosos, consagrados a diosas de la abundancia, con caderas generosas y una capacidad de lactancia sin límites, representadas por estatuillas de arcilla. Nacidas de las entrañas de la tierra, estas Venus esteatopigias fueron las bisabuelas de nuestras Venus anadiómenas.

111

–No todas las sociedades siguen al mismo ritmo el escarpado camino del progreso –precisó Benjamin Bloom, aspirando el humo de su pipa, mientras caminaban por los jardines de la Explanada. Joshua O'Hara hizo lo mismo con un cigarrillo que acababa de armar. Benjamin Bloom observó durante unos instantes la hebra de tabaco que colgaba, como un pelo, de su barba whitmaniana.

Los oshowas, que Parker Wright visitó en la reserva de Alamogordo, quedaron fijados en las primeras fases del desarrollo y nunca llegaron a practicar la agricultura. Vivían de la captura de insectos, gusanos y huevos. Las razones que explican este estancamiento fue el culto que rendían a Ihanktowana, una divinidad que les prohibía terminantemente tener contacto con plantas, hierbas, árboles y flores, ancestros de la tribu.

No había nada que suscitara tanto horror entre los oshowas como esa especie de canibalismo vegetal que practicaban los pueblos vecinos, sin el menor remordimiento. Se negaban rotundamente a arrojar una semilla y ver crecer ávidamente una planta hasta que floreciera, para arrancarla de raíz y someterla a torturas deleznables, tales como la sumersión en agua hirviente, el sacrificio por fuego, o, mucho más repugnante, la ingestión cruda, junto a otras hortalizas, igualmente masacradas.

Ihanktowana, decían los oshowas, no sin sobresaltarse al pronunciar esta sacrosanta palabra, creó las plantas y las flores para embellecer el mundo. Y no para ser masticadas, deglutidas y defecadas por hombres, coyotes o cabras montañesas.

112

Por cierto, sobre gustos alimenticios no hay nada escrito.

El régimen de los shiwis, que recibieron al coronel Thompson en la reserva de Oak Canyon durante cinco días, daba muestra de aquella época remotísima en la que todavía no se distinguían lo comestible y lo incomestible, lo impuro y lo puro, la boca y el ano.

Los shiwis aderezaban las sopas con deyecciones de antílope, considerado uno de los manjares más delicados que pudieran existir. Preparaban un brebaje con agua, leche y *kenawa,* el excremento de un escarabajo en el cual pululaban las larvas. También hervían las tripas de cordero sin purgar. Si había restos mal digeridos, el plato era considerado mucho más refinado.

El manjar supremo de estos sibaritas eran las semillas de pitahaya, horriblemente indigestas. Al defecar, examinaban con mucho cuidado sus propios excrementos. Con un palito iban retirando las semillas para volverlas a ingerir, pensando que de este modo los granos eran más sabrosos.

Para no ofender a sus huéspedes, el coronel Thompson se vio obligado a probar los platos que componían este menú escatológico, que le hizo recordar el apetito que le despertaban, siendo niño, las costras que se formaban en las paredes de las letrinas.

113

–La observación del coito de los animales dio pruebas fehacientes a los varones del papel que desempeñaban en la procreación –afirmó Benjamin Bloom, subiendo al tranvía, mostrándole al conductor su título de transporte y ocupando uno de los asientos reservados a los minusválidos de guerra.

En lugar de sentarse al lado de Benjamin Bloom, Joshua O'Hara prefirió quedarse de pie, a pesar de que en el tranvía había muy pocos pasajeros. En realidad, no quería llamar la atención. Ahora la conversación llegaba a otras orejas que las suyas. Esta falta de intimidad no pareció incomodar a Benjamin Bloom, que siguió charlando, a pesar de tener a esta altura de la charla las cuerdas vocales desaceitadas.

La que llamamos madre, se dijeron los varones, no es quien otorga al hijo la vida, sino la nodriza del embrión recién sembrado. Engendra quien fecunda con su simiente. La mujer no es más que un receptáculo del germen, una extranjera para un extranjero.

Hartos de trabajar de sol a sol, arando el campo con el yugo uncido a los hombros, cortando las mieses con una azada, entonando cantos para darse ánimos, vigilados sin cesar por una capataza dispuesta a azotarlos hasta sangrar ante el menor descuido, los varones se amotinaron.

Aprovechando la ventaja de estatura y musculatura, como así también la experiencia de la caza, que les había enseñado a traducir los comportamientos agresivos de la especie en técnicas de captura y exterminio, los hombres les declararon la guerra a las mujeres y no capitularon hasta apoderarse de los medios de producción y excedentes de riqueza.

Gracias a esta victoria, los varones empuñaron no solamente las riendas de la aldea sino también las del hogar. Las mujeres se convirtieron en marionetas al servicio de la reproducción, juguetes para satisfacer caprichos lúbricos.

La derecha se impuso sobre la izquierda, el sol sobre la luna, la razón sobre la emoción, el azul sobre el rojo, la autoridad del padre sobre la permisividad de la madre. Las Venus esteatopigias fueron destronadas por Hércules hirsutos, capaces de ejecutar toda suerte de hazañas y trabajos, que ostentaban barbas cuanto más tupidas mejor.

114

Las mujeres fueron derrotadas, aunque no totalmente vencidas. En los rincones de la cocina, en la orilla de los ríos donde fregaban la ropa, en los sótanos donde se acumulaban las provisiones y las voces eran amortiguadas, no dejaron de murmurar contra los vencedores, elaborando toda suerte de mitos vengativos que sobrevivieron en ciertas tribus, como los sekowonicocos, que vivían a veinte millas de Rancho Vistoso y que aceptaron recibir al reverendo O'Tool.

–Bajamos en la próxima –recordó Joshua O'Hara. Benjamin Bloom estiró la mano y tiró del cordón del timbre llamador.

Los sekowonicocos veneraban a Kowa, un dios de buena voluntad, siempre predispuesto a ayudar a los hombres, pero bastante torpe, al que había que hacerle continuamente ofrendas, a fin de que se abstuviera de intervenir en el curso del mundo, puesto que cuando actuaba había que prepararse para lo peor.

Los sekowonicocos celebraban para el solsticio de verano una fiesta para pedirle encarecidamente a Kowa que no hiciera llover (lo más probable era que se equivocara con la dosis y produjera un diluvio), o que no hiciera crecer al maíz (era capaz de hacer crecer una selva espesa, poblada de serpientes) y sobre todo que no hiciera fecundos a los esposos infértiles (en una ocasión le hizo parir a un hombre por las nalgas un feto con piel de cactus).

115

No menos curiosas eran las creencias de los yukonotanas, que vivían en el condado de Maricopa y aceptaron la visita del general Reynolds.

Por culpa de los vientos que soplaban en esta región con un zumbido insoportable, los yukonotanas veneraban a Hwasai, un dios sordo como un toscano (aunque algunos informantes decían, por lo bajo, que Hwasai no era sordo, sino que fingía serlo cuando le convenía). Para hacerle llegar sus plegarias sin problemas, los yukonotanas estaban obligados a rezar a los gritos y haciendo toda suerte de gesticulaciones, según el lenguaje de signos de los dioses. A pesar de estas precauciones, este dios mal oyente muy a menudo entendía mal, o no entendía (o entendía lo que tenía ganas de entender).

Una vez, le refirió un informante al general Reynolds, unas lluvias torrenciales produjeron la crecida del río Gila. Durante varias semanas, los yukonotanas elevaron cientos de plegarias a Hwasai para que dejara de llover y el agua se escurriera de sus campos de cultivo, prometiéndole sacrificar quince gallinas. Sacrificaron las quince gallinas y siguió lloviendo. Y volvieron a sacrificar otras quince y no ocurrió nada. Y volvieron a sacrificar otras quince y la lluvia arreció. Tuvieron que hacer intervenir al chamán que se ocupaba de las comunicaciones entre el mundo de arriba y el mundo de abajo, que les explicó que Hwasai había entendido cincuenta y no quince. Los yukonotanas sacrificaron las últimas cinco gallinas que les quedaban.

El chamán tenía razón. Una hora más tarde, dejó de llover y, para gran alivio de todos, salió el arco iris.

116

Gobernadas por los varones, las sociedades humanas alcanzaron un grado de perfección inopinada gracias a la invención del reloj, instrumento que permitió fraccionar el tiempo con exactitud, dividiéndolo en horas, minutos y segundos, según los modelos disponibles.

Hasta entonces, la especie humana había estado regida

por un tiempo flotante. Dado que la aritmética estaba muy poco desarrollada, los calendarios tenían menos meses. El arte de contar llegaba hasta diez. Quienes desearan aventurarse más allá de esta cifra se anegaban en el infinito.

De estas épocas remotas quedan testimonios en las costumbres de los hankut'chin, que residían en la reserva de Ocotillo Valley, visitados por Tim Barnett, a quien le llamó poderosamente la atención el calendario, dividido en nueve meses, llamados respetivamente:

Nawti-um: se alargan los días.

Wisimoo'ohdam-um: llegan las tormentas y las serpientes de fuego danzan en el cielo.

Chitseebi-um: la eclosión del ocotillo.

Mowiash'dak-um: los pájaros retornan y construyen sus nidos.

Wasikio-um: el ayuntamiento de los animales dotados de cornamenta.

Awikut'se-um: los pájaros se van, llevándose con ellos la música y el júbilo.

Kiouk-um: el viento se pone a gimotear.

Tsebee'tchi-um: torbellinos de polvo.

Hodesivot-um: la noche interminable.

Como para los hankut'chin el tiempo era una sustancia elástica, ciertos meses podían durar más o menos, o incluso aparecer antes o después, dependiendo, entre otras cosas, del comportamiento de los ocotillos, los pájaros y las serpientes de fuego.

117

El primer obelisco que proyectó la sombra del sol sobre un cuadrante puso fin a todas estas irregularidades.

Erigido en el centro neurálgico de la ciudad-estado, ahí donde convergían las rutas principales, celebraba no solamente la gloria del soberano, embajador del cielo en la tierra, voluntad hacia la cual convergían todas las voluntades, sino también el tiempo que transcurría de la misma manera, con estricta regularidad para todos, salvo cuando se nublaba y las agujas del reloj se borraban.

Para superar este fastidioso desperfecto técnico, fue inventada la clepsidra, instrumento que midió el tiempo a partir de un líquido que se escurría independientemente de las condiciones meteorológicas. A cada cantidad vertida correspondía una unidad temporal. Ya no hubo excepciones. Un segundo fue un segundo; un minuto, sesenta segundos, todos iguales entre sí; una hora, sesenta minutos cortados por la misma tijera. Los días y los meses se sucedían, uno tras otro, en el mismo orden, hasta que se acababa el año y comenzaba el siguiente.

Un abismo se abrió entre las sociedades con reloj y las sociedades sin reloj. Mientras que en las primeras el tiempo se estancaba como las aguas de un lago y se ponía a girar en un remolino, repitiéndose una y otra vez, sin progresar, en las segundas se desplegaba, como un río impetuoso, en una línea recta e irreversible, invitando a los hombres a avanzar, dejándose llevar por el torrente de la historia.

118

Sin dejar de conversar, Benjamin Bloom y Joshua O'Hara remontaron la New Hampshire Avenue hasta llegar a una taberna con la fachada de madera, pintada de rojo. Entraron. The Octopus estaba repleto. Tal vez se celebrara la reunión anual de alguna asociación de veteranos, a juzgar por la clientela que frecuentaba el establecimiento aquella noche.

Por todos los rincones hormigueaban caballeros que lucían el uniforme del regimiento de caballería o de la infantería de marina, con galones que caían con estudiado desflecamiento sobre los hombros, mucho botón dorado, pantalones ajustados, botas con hebillas y medallas abrochadas, una tras otra, de pectoral a pectoral. Sin dejar de acariciarse barbas y bigotes tijereteados con esmero, charlaban animadamente, adoptando un timbre de voz grave, donde se inmiscuían algunas notas agudas, como ocurre en el canto de algunos pájaros varoniles.

Como todas las mesas estaban ocupadas, Benjamin Bloom y Joshua O'Hara se instalaron en la barra, sintiendo que todas las miradas se les clavaban en la nuca. Mientras esperaban la comida, bebiendo un ponche que hacía dar vuelta la cabeza al cabo del segundo sorbo, Benjamin Bloom comparó las formas de gobierno de los owilapishais con la de los etruscos, pero Joshua ya no lo escuchaba, absorbido como estaba por la conversación de sus vecinos. No era un gesto de indiscreción. Todo el mundo hablaba en aquel recinto alzando el tono de voz, como si se estuviera separado por una montaña.

–¿Teniente Madison? –dijo un caballero de barba melvilliana, acomodándose al lado de otro caballero de bigote hawthorniano que mascaba tabaco, ensimismado, sentado en un taburete.

–¿Es usted el teniente Madison? ¿O me equivoco?

El del bigote hawthorniano se dio vuelta y le echó una mirada de pocas pulgas.

–¿No es usted Bill Madison? ¿De Nevada?

–Maldito sea. ¡Déjeme en paz!

–Tengo el agrado de presentarme. Soy Chris, Chris Crawford, de Montgomery, Virginia Occidental.

–Váyase al infierno.

–¿Aceptaría que lo invitara a tomar algo?

–Le dije que se fuera al infierno. ¿Necesita ayuda? –Y sacó, del estuche que le colgaba del cinturón, un Colt Single Action.

–Le ruego tenga la amabilidad de aceptar una cerveza o un whisky. ¿Tal vez prefiere otra bebida? ¿Un agua sin gas? Dígame lo que más le guste. Los gastos corren por mi cuenta, mi querido Madison.

–Si vuelve a pronunciar ese condenado nombre, le juro que le volaré la tapa de los sesos quince veces. ¿Ha entendido?

–Madison, tómese la vida con menos nerviosismo. ¿Acaso...?

El caballero del bigote hawthorniano disparó con tan mala puntería que la bala, en lugar de perforar el cráneo del caballero de la barba melvilliana como estaba previsto, penetró en un barril de vino, que se derramó sobre un grupo de caballeros, arruinando para siempre sus uniformes de gala. Ultrajados por la afrenta, los caballeros sacaron sus pistolas. Como ignoraban dónde se escondía el enemigo, dispararon en el aire, haciendo desplomar la araña, que, al estrellarse contra el piso, dejó la taberna sumida en la oscuridad.

VII. La lucha por la existencia

119

No todos miraban esta empresa etnológica con buenos ojos. Thomas Lloyds estaba cada vez más disgustado con el giro que habían tomado estos viajes al Sudoeste, sobre todo después de su última inspección del Museo de la Vida Primitiva.

Al proponer a Bloom como director, había imaginado expediciones que retornarían a Washington con cestas, cántaros, máscaras, collares, pulseras, brazaletes, peines, pipas de la paz, hachas de guerra, ídolos, atuendos ceremoniales, instrumentos de música, cucharones de cuerno de cabra montesa, y no con informes sobre lenguas y costumbres, destinados a ser publicados en una revista con más colaboradores que lectores. Tanta dispersión no le causaba la menor gracia. Con lo que había sido recolectado hasta el momento, no era posible colmar ni una cuarta parte del espacio arrebatado al Museo de Historia Natural.

Bloom ni siquiera se había tomado el trabajo de armar correctamente las vitrinas. En lugar de ordenar vasijas, katchinas, arcos y flechas, en gamas ascendentes o descendentes, según las formas, las funciones o el área geográfica, se había contentado con acomodarlos distraídamente, como se hace con los platos, copas y cubiertos en un aparador. El costo de la empresa no justificaba semejante resultado. Desde hacía unos meses, había rechazado todas sus invitaciones a cenar. Ahora ni siquiera respondía a sus esquelas. Esto no lo dejaría pasar.

Antaño pobladas por especímenes que el público veneraba, ordenados en virtud de las leyes de la evolución, las salas del museo despertaban ahora, con aquella vacuidad mezclada de desaliño, una tristeza infinita. Bastaba con leer las impresiones que habían dejado muchos visitantes en el libro de quejas, antes de exigir, en la Oficina de Reclamos, que se les reembolsara el dinero de la entrada. Algo nunca visto hasta entonces.

120

A pesar de las críticas elogiosas aparecidas en la prensa y los afiches publicitarios que empapelaron la capital, el Museo de la Vida Primitiva había atraído, según las informaciones suministradas por el Servicio de Boletería, a apenas unos 480 visitantes por mes, lo que representaba 16 por día y 2 por hora contemplando una cabellera escalpada por los iroqueses.

Los descuidos de la colección etnológica no bastaban para explicar esta miseria. Las visitas al Museo Nacional de Historia Natural y la Galería de Bellas Artes también habían menguado. Aún no se disponía de datos oficiales. Pero cuando los tuviera, habría que prepararse para lo peor. Era muy probable que hubiera menos público que en el momento de la apertura.

Las reglas que regían los éxitos y fracasos de un museo eran tan enigmáticas como las leyes que pretendían explicar la aparición de un ectoplasma. El comportamiento de los visitantes era imprevisible. Un día se encaprichaban con un pájaro disecado. Al año siguiente, sin razones demasiado claras, por un cráneo esculpido. Un poco más tarde, sin que ningún signo lo anunciara, por una colección de estampillas. Aquello que al principio despertaba sorpresa, emulación y envidia, con el tiempo terminaba aburriendo. Muchos de los amigos del museo se transformaron en sus más acérrimos enemigos.

121

En su asamblea general anual, el directorio abordó estos problemas. Ante circunstancias tan adversas, se imponía una reconfiguración de los museos que se encontraban bajo su tutela, antes que la situación se degradara aún más.

Thomas Lloyds reconoció que había sido un error crear, bajo la presión del Congreso, una institución que fagocitaba unos 500 dólares por año, para exponer tres tristes máscaras en una sala casi sin visitantes. Seguramente había maneras mucho más eficaces de proteger el patrimonio primitivo. En lugar de dilapidar los fondos en un museo etnológico, era mejor concentrar los esfuerzos en la reanimación del Museo de Historia Natural, últimamente muy venido a menos.

Para infundirle un poco más de dinamismo, reemplazarían a Ryan Wagner, el director actual, más preocupado por los achaques de la edad que por las actividades educativas que podían organizarse durante las vacaciones escolares de invierno. Les devolverían a las ciencias de la vida el espacio que les había sido enajenado, trasladando a la reserva cestas, tótems y fetiches, entronizando en su lugar de nuevo a los grandes saurios, condenados al ostracismo. Para atizar la curiosidad y aumentar el flujo de visitas, cambiarían la manera de exhibir los especímenes. En lugar del típico recorrido con la mutación y evolución de las especies, propondrían itinerarios temáticos menos previsibles, como *Escenas de amor en los pantanos, Crimen y castigo en las praderas, En el fondo del mar: los olvidados del Arca de Noé.*

122

El Museo de la Vida Primitiva fue cerrado y el personal despedido.

123

El anuncio de esta noticia fue para Benjamin Bloom como si le hubieran amputado un segundo brazo o, peor aún, la cabeza. Benjamin Bloom juró que las cosas no iban a quedar así. No iba a permitir que aquellos rufianes le hicieran semejante zancadilla.

Redactó una carta que envió a los miembros del directorio, con un balance pormenorizado de sus actividades, las treinta y ocho expediciones enviadas al sudoeste, los cuatro números publicados de los *Anales del Museo de la Vida Primitiva* y las centenas de cajas con informes que aún no habían podido ser mecanografiados. No obtuvo respuesta. Le solicitó una entrevista a Thomas Lloyds, pero Thomas Lloyds se negó a recibirlo.

Hecho una furia, escribió a los diarios. Organizó protestas. Se puso en contacto con científicos de reconocida trayectoria, solicitándoles que firmaran una petición contra una medida que significaba un serio retroceso en el avance de los conocimientos sobre el hombre. Pero nadie parecía demasiado interesado en las miserias de la etnología.

Nacida en un siglo tan propicio para las ciencias, la etnología no había tenido la misma suerte que la demografía, las geometrías no euclidianas o el electromagnetismo. Venida al mundo con una malformación, su objeto de estudio comenzó a evaporarse ni bien fue fundada, amenazando su razón de ser. Sin duda, su pronóstico vital estaba seriamente comprometido.

Mientras sus primas hermanas engordaban alimentándose con golosinas tan sustanciosas como las multitudes, el capital, el lenguaje y hasta la telepatía, la etnología tenía que contentarse con mendigar las sobras de los banquetes caníbales, tan opulentos antaño, tan esqueléticos hoy.

124

Los etnólogos más jóvenes, como Jeremy Wirthmore o las gemelas Dewoody, que todavía estaban a tiempo para cambiar de profesión, se reorientaron hacia otras disciplinas con mayor porvenir, abandonando el estudio de las sociedades primitivas por la estructura del átomo, la psicopatología infantojuvenil o la personalidad autoritaria.

A aquellos cuya edad ya no les permitía tanta libertad de movimiento, como era el caso del coronel Thompson o el general Reynolds, les costó mucho más hacer pasar este mal trago. Para formar parte de la tropa del Museo de la Vida Primitiva, habían hecho grandes sacrificios, dejando de lado afectos, hogar y puestos muy codiciados en el Departamento de Guerra. Recién ahora advertían que habían tomado una senda equivocada, eligiendo formar parte de un museo que no había cumplido con sus promesas. Ya era demasiado tarde para dar marcha atrás. Estaban condenados a vivir una vida que había sido, por culpa de este mal paso, una concatenación de malas resoluciones.

Mucho peor aún fue el destino de aquellos etnólogos-viajeros que durante las visitas a las reservas contrajeron enfermedades. A la vuelta de su expedición a Huavupai Creek, Mr. Barnett se despertó con fiebre. Pero no le concedió la menor importancia. Como la fiebre no cedía, consultó a un médico, que le diagnosticó malaria y le recetó quinina.

Mr. Barnett siguió el tratamiento, pero el cuadro se agravó, con la aparición de vómitos y la defecación de un segmento de intestino. El médico le recomendó tomar aspirinas, con la esperanza de que en algún momento esta droga que curaba tantos males ejerciera algún efecto benéfico. Pero esto nunca sucedió. A la semana, se le cayeron los dientes, las uñas y los pelos. Se le desprendieron los testículos. Se le reblandeció el cerebro y se le escurrió por la nariz. Fue guadañado.

En realidad, había contraído una enfermedad que por el momento no tenía ni nombre ni cura. El mismo destino aguardaba al reverendo O'Tool y a Parker Wright.

125

El porvenir no fue tan negro para todos.

Joshua O'Hara, que por nada en el mundo deseaba abandonar los momentos tan gratos que le brindaba la etnología, no se dio por vencido. Agobiado por Washington, D.C., cada vez con más tráfico y más habitantes, más humo y más ruido, con alquileres más caros, con su rutina tediosa que los condenaba a vivir una vida cortada de la vida, decidió mudarse al Sudoeste, convenciendo a Benjamin Bloom de que lo acompañara. No había nada mejor que un cambio de aire para digerir los disgustos que lo estaban consumiendo. Con la indemnización que les pagaron (una vergüenza: apenas unos 45 dólares), compraron un rancho en las afueras de Tucson, donde fundaron el club de los quapaws, que muy pronto alcanzó a reunir unos veinte miembros.

Los quapaws eran una tribu que el coronel Thompson había visitado durante diecisiete días, en la reserva de Prescott Creek. De su existencia, lo único que quedaba en nuestros días eran unos apuntes que Joshua O'Hara no había tenido tiempo de pasar en limpio. Ya no tenía demasiada importancia. Los tiempos habían cambiado. En lugar de costumbres dactilografiadas, la sociedad necesitaba costumbres experimentadas. En lugar de museificar el mundo, encerrándolo en un ataúd de cristal o de papel, había llegado la hora de abrir el museo al mundo y hacerle respirar una bocanada de aire fresco.

Los miembros del club estudiaron el quapaw, con sus quince endemoniadas declinaciones, hasta alcanzar un nivel intermedio que les permitía celebrar ceremonias de acción de gracias en honor a los dioses del agua. Sembraron sandías, melones y tabaco en el desierto, según técnicas tradicionales. Se afeitaron barbas y bigotes. Cuando se enfermaban, bebían una infusión de *sawa,* una hierba medicinal que curaba muchas dolencias, entre ellas, la fiebre, las úlceras y las pesadillas.

126

El movimiento se propagó.

Al poco tiempo, fueron fundadas en Norteamérica

otras fraternidades similares al club de los quapaws, que procuraron comer, vestirse, danzar, comer, fumar y caer en éxtasis, como lo habían hecho muchas tribus extintas, según las informaciones disponibles.

No era de sorprender que mientras las tribus primitivas adoptaban las maneras de las sociedades modernas, algunos ciudadanos adoptaran las formas de las sociedades primitivas.

Para preservar el equilibrio del universo, cuando un cuerpo se mueve a la izquierda, otro se desplaza a la derecha. Cuando algo asciende, algo desciende. Cuando una cosa avanza, otra retrocede, a tal punto que nunca se sabe demasiado bien en qué dirección quedan este y oeste, norte y sur.

127

La disminución de visitantes no era un fenómeno exclusivo de los museos washingtonianos. Esta mengua afectó también al Museo de Brooklyn, al Instituto de Arte de Chicago y hasta a la Fundación Selenia Sherringham de Cincinnati, a tal punto que se comenzó a hablar de una desertificación de los museos.

Desertificación tal vez no fuera el término más adecuado. A decir verdad, existía la misma masa de visitantes. Lo que había cambiado era la oferta. El último año, se abrieron unos 910 nuevos museos. Lo que equivalía a la apertura de 2,5 museos por día. De seguir a este ritmo, dentro de poco habría más museos que visitantes.

Con una pizca de ingenio, una buena iluminación y un cuidador que vigilara que nadie tocara nada, cualquier partícula del mundo podía ser exhibida en una vitrina o colgada en un muro empapelado de rojo.

128

El museo es una serpiente glotona, con boca pero sin ano, capaz de tragar y conservar, en su estómago de cristal, piedras, plantas marchitas, animales muertos, esqueletos, monedas antiguas, arte.

129

Ya existían en Norteamérica museos para todos los gustos.

En Anchorage, el Museo del Salmón.

En Lincoln, el Museo de los Pioneros.

En San Antonio, el Museo de los Alambres de Púa.

En Saratoga, el Museo de la Batalla de Saratoga.

En Helena, el Museo de los Adjetivos.

En Palm Beach, el Museo de lo Inútil.

En Savannah, el Museo del No.

En Camarillo, el Museo de las Cosas más Frías que un Pezón de Bruja.

En Wichita, el Museo de la Muerte.

En Silver City, el Museo Septicémico.

En Ogden, el Museo Perverso Polimorfo.

En Falmouth, el Museo del Mal.

En Lafayette, el Museo de la Risa.

En Alejandría, el Museo de las Máquinas que cantan, escriben y dibujan.

En Mount Lebanon, el Museo Gástrico.

En New Brunswick, el Museo de la Maternidad.

En Annapolis, el Museo de los Osos de Peluche.

En Ithaca, el Museo de Dios.

En Las Cruces, el Museo del Chiste.

En Farmington, el Museo Telepático.

En Sioux City, el Museo de los objetos que nunca se repiten.

En Waterloo, el Museo de los Objetos Extraviados en la Vía Pública.

En Seattle, el Museo de las Obras de Arte que no estaban destinadas a ser expuestas como obras de arte en un Museo.

130

Gracias a los progresos de la ciencia, en Toledo, Ohio, se abrió un Museo del Ruido. Cuando llegaban los visitantes a alguna de las salas pintadas de blanco, perfectamente insonorizadas, el cuidador ponía en marcha el gramófono que dormitaba en un rincón. Por el cuerno, salían los ecos del mundo.

Los visitantes caminaban, se sentaban en un banco o se acostaban boca arriba en el suelo sobre un tapiz, para percibir desde diferentes posiciones zumbidos, detonaciones y estrépitos, disfrutando de la belleza de un trueno o un bocinazo.

Vivimos sumergidos en un mundo que es puro ruido. Es sabido que el atractivo de los sonidos depende fundamentalmente del ángulo en que las ondas sonoras se estrellan contra el pabellón auricular y retumban contra los osteocillos óticos y la membrana timpánica, antes de ser transportados hasta el cerebro por los nervios. No es lo mismo escuchar el ronroneo de un motor o el murmullo de las cataratas del Niágara, de frente o de perfil, inmóvil, a ras del suelo o a seis pies de altura.

Estaba prevista en breve la inauguración de una sala

de ruidos submarinos captados con hidrófonos, donde se podrían apreciar, según las horas y los días, el rumor de los cardúmenes, el canto afónico de las ballenas, el abrirse y cerrarse de una pinza de cangrejo o el estornudo de una sirena que se habría expuesto desabrigada a una corriente de agua fría.

131

Richmond adquirió una propiedad que había pertenecido antaño a Edgar Allan Poe. Salvándola de la demolición y recuperando mobiliario y atuendos que estaban enmoheciéndose en un granero, la transformó en el Museo Edgar Allan Poe. Miss Douglas, que había sido la última ama de llaves, recibía al público y le hacía recorrer las salas de la planta baja y el primer piso, vigilando por el rabillo del ojo que nadie se robara nada.

–Aquí –decía– solía desayunar.

Aquí, almorzar o cenar. En este cuarto, dormía. Este es el retrato de Virginia Clemm el día de la boda, a los trece años. Esta es la recámara. Admiren el sombrero y sobre todo el bastón, cuyo mango representa un basilisco. En este sillón tenía la costumbre de beber. En este otro, se administraba su dosis diaria de láudano.

Este era el cuarto de la inspiración. En estas estanterías están sus obras completas. Esta es una edición muy rara de *Tamerlane,* su primer libro. Aquí tienen un retrato con la tez cadavérica de Roderick Usher. En esta mesa, con este tintero y esta pluma, escribió *Annabel Lee,* que en realidad se llamaba Anthony Moore.

132

Ineluctablemente el tiempo transforma al mundo en ruina. Nada entero sobrevive. Del pasado, solo quedan polvo y piedras. Los recuerdos no son más que restos, cuanto más precisos más falsos.

133

En Elizabethtown, Kentucky, el Museo de Arte Visionario expuso las obras de Polly Annie O'Connell, la criada de la familia Ackerson, que un día, mientras se encontraba absorbida por las labores de costura, recibió la visita de un ángel que, tomándola por la mano, la transportó por los aires hasta el planeta Marte, desde donde pudo contemplar a distancia, al abrigo de la hecatombe, varias escenas del Juicio Final.

Una vez de retorno en nuestro planeta, siguiendo las instrucciones impartidas desde el mundo supralunar, Polly Annie O'Connell se puso a bordar sin cesar, en los pañuelos, sábanas, faldones, camisas, pantalones y muda interior que los Ackerson le daban para remendar, lo que le fue dado presenciar por la gracia divina. Había que dar testimonio a los hombres de aquello que les aguardaba en un futuro inminente. Los tiempos estaban llegando a su fin.

Impresionados por la conducta de su criada, en lugar de retarla o despedirla, los Ackerson la dejaron bordar, asistiendo a un prodigio. Ya no era su mano la que movía la aguja y la hebra, sino la Mano del Bordador del Mundo, que también mueve con sus hilos la lengua de los profetas. ¿Cómo explicar si no que una criada sin ningún tipo de instrucción, que apenas sabía hilvanar un dobladillo, de pronto fuera capaz de dar, con tanta destreza, aquellas puntadas?

Tras la muerte de Polly Annie O'Connell, los Ackerson decidieron abrir en el galpón un museo que expusiera estas maravillas textiles, entre las cuales sobresalían los *Tres querubines tocando la trompeta que anunciaba la destrucción del templo de Elizabethtown* (delantal de cocina), *El Trono Celeste, custodiado por tres hermafroditas alados* (pañuelo), *La lapidación de Nuestra Señora de Marte* (camisa de lino), *Las hijas de Mr. Lucifer* (falda), *Retrato del Anticristo adolescente* (funda de almohada), *El último día de la humanidad* (calzón largo de algodón).

134

En New Bedford, Massachusetts, fue fundado el Museo The Harpoon.

El proyecto cuajó un día en que Mr. Brummel, el dueño de uno de los astilleros navales más importantes de la región, se encontraba en The Harpoon, su taberna favorita, leyendo el diario, mientras saboreaba una copa de brandy, cuando un haz de luz que entró por la ventana reverberó contra una cuchara de metal y fue a dar contra su rostro, enceguecióndolo. Súbitamente tomó conciencia de que todo lo que estaba percibiendo en aquel preciso instante –humo, barbas, cráneos calvos– terminaría, tarde o temprano, deglutido por la tierra o el fuego. Le entró pavor. Subiéndose a una mesa, se puso a mascullar, tambaleante:

–Caballeros...

Se le acercaron varios marineros, también tambaleantes, en busca de diversión. Mr. Brummel dijo, martillando cada sílaba:

–¡Desengáñense! Creemos que lo que fue, ha sido y es, seguirá siendo por los siglos de los siglos. Nada menos seguro. Las tumbas ya están abiertas, aguardando nuestra llegada. El abismo sin fondo tiene suficiente lugar para todos. No se apresuren. Nadie escapará al gusano que roe y al hongo que pudre.

Le rogaron que se callara. Pero Mr. Brummel prosiguió, cada vez más excitado.

–El fondo del mar está plagado de esqueletos de naves que naufragaron con todos sus tesoros y tripulación. ¿Acaso no han oído hablar de ciudades que en un instante desaparecieron, sepultadas por el barro o la lava, con sus palacios, estatuas, reyes, dioses y gramáticas?

Así como Nínive, Cartago o Roma se derrumbaron, arrastrando en la caída imperios que se consideraron indestructibles, del mismo modo Londres, París, Nueva York y hasta New Bedford, con The Harpoon y sus risueños bebedores, serían en un futuro próximo un montículo de huesos, escombros y chatarra.

Por más que fue abucheado, Mr. Brummel continuó el sermón, alzando el tono de voz. Los clientes comenzaron a abandonar el lugar. No era para menos. Yo también habría hecho lo mismo. Cuando el dueño se le acercó, dispuesto a echarlo a las patadas, Mr. Brummel sacó un talonario de cheques y le compró la taberna, los muebles, las mesas de billar, los ceniceros y los periódicos. Ofreció billetes a los parroquianos que habían escuchado su prédica hasta el final, para que se dejaran fotografiar.

A la semana siguiente, comenzaron las obras de refacción para transformar The Harpoon en un museo que reproduciría, en los menores detalles, con humo, olores, maniquíes, imágenes, paneles explicativos, y hasta grabaciones estereofónicas, la epifanía de Mr. Brummel.

135

El Museo de Arte Aspen, en Colorado, fue una de las principales atracciones regionales, hasta el día en que un incendio redujo el edificio a cenizas.

Al irse a dormir, Mr. y Mrs. Livingston, los coordinadores del equipo de cuidadores, se retiraron del puesto de trabajo olvidando una lámpara de aceite encendida. Por la noche, el viento abrió los postigos de una ventana, volteando la lámpara. Los bomberos no lograron controlar el incendio. El museo se derrumbó en menos de una hora, ante la mirada espantada de los aspenenses. El fuego destruyó más de ochenta pinturas, que representaban montañas, lagos, bosques, ciervos, alces y conejos, ejecutadas por artistas egresados del Aspen Art Institute.

En lugar de condenarlos a cinco años de cárcel y 350 dólares de multa, como había solicitado el fiscal, el juez sentenció a los Livingston a quince años de trabajos forzados en el museo, a fin de reparar el mal que le habían causado al arte.

El edificio fue totalmente reconstruido, con fondos donados por la familia Mitchell, de Woody Creek. Al abrir sus puertas, el nuevo Centro de Arte Aspen, con una superficie de exposición tres veces mayor y doscientas nuevas obras adquiridas en las galerías de arte de Santa Fe, dejó boquiabierto a todo el mundo. La destrucción es la condición de posibilidad de la creación. Para poder adicionar, hay que sustraer.

En la planta baja, había sido reservada una sala vacía, o mejor dicho, una sala sin obras, con los muros blancos y dos sillas que eran ocupadas, cada día, entre la una y las seis de la tarde, salvo los martes, por Mr. y Mrs. Livingston. Cuando algún visitante se aventuraba en esta sala, estaban obligados a rememorar, de la manera más detallada posible, las obras que habían estado bajo su custodia, irremediablemente perdidas.

El público les hacía una infinidad de preguntas. Por más que los Livingston se esmeraran en hacer ver, a través de sus palabras, una misma pintura, a veces se tenía la impresión de estar ante dos obras completamente distintas, ejecutadas por dos artistas que se odiaban visceralmente.

136

Con fondos legados por Anthony Méndez, que provenían probablemente de tráficos ilícitos en la frontera, fue fundado en San Diego, el MuM, el Museo de los Museos. Tras obtener los derechos de reproducción y explotación, el MuM construyó un complejo de museos con maquetas de los 25 establecimientos más visitados del mundo, según la clasificación establecida por el suplemento cultural del *The Scribner's Monthly.*

Como en una casa de muñecas, estos museos con techos y paredes de quita y pon, exhibían maravillas del arte y la historia, las ciencias y las técnicas, desperdigadas por todo el mundo.

Quienes desearan contemplar en detalle alguno de aquellos tesoros jibarizados, podían alquilar en el guardarropa, a cambio de un documento de identidad, lupas que restituían las dimensiones originales a las obras, esculturas, máquinas, hachas de guerra e iguanodontes reducidos a un tamaño que oscilaba entre un hipocampo y una estampilla.

A la salida, había una tienda donde era posible adquirir reproducciones de los cien objetos más célebres, para quienes desearan transportar, con toda ligereza, migajas de un museo al hogar.

137

La Fundación Selenia Sherringham de Cincinnati le encomendó a un equipo de la Universidad de Columbus que realizara un estudio del libro de quejas y que concibiera a partir de las lamentaciones un museo en el que el visitante fuera el rey. La Fundación buscaba alcanzar una meta muy ambiciosa, aunque no imposible: inventar un museo sin quejas y diez veces más de público.

Los estudios realizados demostraron que los visitantes deploraban los carteles que los agredían, ni bien cruzaban el umbral, con la prohibición de fumar, comer, beber, tocar o fotografiar; los vigilantes de sala que los observaban con desconfianza, haciéndolos sentir criminales en un presidio o enfermos de un hospital psiquiátrico; la exhibición de los animales disecados en vitrinas como ocurre tristemente con las mercancías y las prostitutas; las galerías en que se sucedían hileras de máscaras o fetiches, acompañados por un cartel donde podía leerse, como en una piedra tumbal, nombres y fechas; la acumulación indigesta de obras de arte que terminaban apabullando, intimidando o provocando dolor de várices.

¡Triste es el destino de un cuadro condenado a vivir, hacinado con otros cuadros, en la sala del arte florentino!

Estos estudios demostraron, por otro lado, los límites de las estadísticas, que encierran a todos los visitantes, sea cual fuere su idiosincrasia, en la cárcel de una cifra. De noche, no todos los gatos son negros. No era lo mismo un visitante-hormiga que un visitante-rata, un visitante-pavo-real o un visitante-gallina.

El visitante-hormiga visitaba el museo en línea recta, escrutando desde todos los ángulos posibles, durante interminables minutos, cada crucifixión, fósil o vasija, para gran desesperación de los visitantes que venían detrás. Con el objeto de rentabilizar al máximo el precio de la entrada, buscaba memorizar hasta en sus menores detalles cada objeto, a fin de poder saborearlo más tarde, en el hogar, una noche de invierno, al lado del fuego, en un rapto de hastío.

El visitante-rata, en cambio, consagraba a cada sala apenas unos instantes. Ni bien ingresaba, ya estaba saliendo. Avanzaba atropelladamente, trazando un zigzag, sin respetar el orden establecido, olfateando todo lo que le suscitara su curiosidad, mordisqueando un poco de esto o de aquello, dejando de lado sin escrúpulo las obras recomendadas por las guías.

El visitante-pavo-real iba al museo no para admirar sino para ser admirado. Pasaba más tiempo ante el tocador que en el museo, donde avanzaba bamboleando la bragueta o el corpiño, fingiendo observar con gran interés cada resurrección, pájaro disecado o cabellera escalpada, espiando por el rabillo del ojo a quienes lo escrutaban y sobre todo lo deseaban.

El visitante-gallina, en cambio, se paseaba por las salas cacareando con otro visitante-gallina, picoteando todo lo que encontrara en su camino, estirando el cuello o girando la cabeza cuando algo centelleaba y atraía su atención, trazando una trayectoria aleatoria, hasta descubrir un matafuegos de dióxido de carbono y sentir que los ojos se le llenaban de lágrimas.

139

El Museo de Paterson, en New Jersey, dio el ejemplo y otros lo siguieron.

Se abrieron salas con cuidadores que vigilaban con la mayor discreción, disfrazados de visitantes, perfectamente camuflados con el entorno; salas para fumadores que disponían de ceniceros y sillones muy mullidos para sentarse a contemplar el esqueleto de un lagarto prehistórico, con un habano entre los labios, envuelto en una niebla nicotínica; salas con cuadros colgados a tres pies del zócalo para que los niños y personas de talla reducida pudieran apreciar las obras de arte sin tener que ponerse en puntas de pie; salas con esculturas que podían ser no solamente observadas sino también palpadas cuantas veces se quisiera para hacer intervenir otros sentidos y escapar a la tiranía de la retina; salas vacías para poder tener un poco de respiro. En otros tiempos, los palacios siempre dejaban una parte sin acabar. En el lapso de una visita, el cerebro humano es capaz de contemplar y apreciar no más de 20 objetos.

Fue autorizado el ingreso al museo con sombreros, paraguas y mochilas. Incluso fue creado un horario especial, reservado a los visitantes que desearan recorrer las colecciones desnudos, para sentirse una especie más entre las especies o una obra de arte entre las obras de arte.

Para las visitas guiadas, se reemplazaron a los estudiantes de bellas artes que desgranaban con solemnidad las informaciones aprendidas en la escuela, por el *clown* que tocaba desafinadamente un clarinete en la explanada del museo, que supo conquistar, con sus comentarios de las obras más sobresalientes de la colección, el interés de niños y ancianos.

140

Thomas Lloyds decidió que era el momento de retirarse y dejar su lugar a los más jóvenes. Antes de presentar su renuncia a la presidencia del directorio, declaró su intención de fundar, en la gran familia smithsoniana, un nuevo establecimiento que honrara la memoria de aquel hombre, recientemente fallecido, que había hecho de la nada el museo más extraordinario que hubiera existido hasta entonces: Zacharias Spears.

Se esmeró en recordar el primer día en que se conocieron, una soleada mañana de abril, en Washington o tal vez en Filadelfia, envueltos en la niebla crepuscular de noviembre. ¿De qué habían hablado? ¿De las costumbres de la ardilla rayada o de la ardilla pigmea? No estaba seguro. De aquel encuentro, lo único que Thomas Lloyds había retenido, como si lo estuviera viendo con sus propios ojos, era el botón que cerraba el cuello de una camisa por donde asomaba una mata de pelos. El resto se había esfumado. Y no lo lamentaba. A decir verdad, conviene desconfiar de los recuerdos que se presentan con tanta nitidez. La memoria fabula lo que la percepción recuerda. Trama aquello que la voluntad anhela para hacerla callar. Trama y fabula lo que fue y ya no es, ni volverá a ser, pero que persiste en existir.

El Museo Zacharias Spears expondría, en una de las torres del castillo, donde antaño había estado su despacho, el retrato que ejecutó Addison Scott donde se lo veía disecando un hurón de patas negras, la monografía de los castores del río Delaware, los dibujos de los pájaros que trinaban en Pennsylvania, los instrumentos de taxidermia, el escritorio, el tintero, el monóculo, los apuntes para la fundación de su museo a partir de las notas taquigráficas tomadas por Eleanor Sullivan, el esqueleto de Jonathan Charles, el pterodáctilo más deseado de toda la historia natural.

Thomas Lloyds decidió no dar a conocer al público, al menos en lo inmediato, las cartas intercambiadas durante tantos años con Zacharias Spears. No era que le molestaran las confidencias. Había que dejar pasar el tiempo. El presente es el museo del futuro.

ÍNDICE

Impreso en
Reinbook serveis gràfics, sl,
Passeig Sanllehy, 23
08213 Polinyà